CONTRABAN

Josep Pla

Contraban

Segona edició en aquesta col·lecció: juny del 2003
Projecte gràfic: Columna Comunicació, S.A.

Avinguda Diagonal, 662 - 08034 Barcelona
ISBN: 84-9710-046-8
Dipòsit legal: B. 29.376-2003
Imprès a Hurope, S.L.
Carrer Lima, 3 bis - 08030 Barcelona

CONTRABAN

Aquella casa del Pianc de Cadaqués fou una de les primeres que en el curs de la meva vida he tingut llogades. Hi ha persones que recorden amb gran precisió els successius domicilis que han tingut, les cases que han habitat. M'agradaria de posseir aquesta forma específica de memòria. Però el curiós és que, per una sèrie de circumstàncies que no tenen res a veure amb la casa de referència, de la del Pianc me'n recordo d'una manera molt clara.

Havia estat construïda per un *americano* i es veia de seguida que havia estat llargament somniada. Era una casa gran, de bons materials i col·locada en un lloc molt visible, perquè quan una cosa ha estat llargament somniada acaba per agafar un aire petulant. Era situada a la part més alta del Pianc i tenia una vista sobre la badia de Cadaqués, el poble i les muntanyes de Pení, admirable.

Els baixos, que havien estat excavats en la llicorella, eren molt espaiosos i obscurs, i en el fons de l'antre hi havia una gran cisterna per a recollir les aigües dels teulats. Aquesta cisterna devia ésser molt gran, perquè quan plovia i l'aigua hi anava feia un soroll fosc i tombal, una bonior que retrunyia i gairebé hi feia basarda. El pensament de l'*americano* havia estat, és clar, d'utilitzar-los per a posar-hi (a l'hivern) l'embarcació, els arreus de pesca, la llenya, les bótes de vi i els mallals d'oli. Per desgràcia, aquell bon home no pogué veure cap d'aquestes il·lusions realitzades, perquè es morí a l'Argentina abans d'emprendre el retorn definitiu. Els seus fills tampoc no tornaren, i així la casa passà a ésser una casa de lloguer, que fou ocupada, en el curs dels anys, per gent diversa i vaga.

Era, doncs, una bona casa, però a dins hi havia ben poca cosa: hi havia simplement el que la gent s'hi havia descuidat. Per a habitar-la calia portar-hi l'indispensable, cosa que jo vaig fer amb els quatre trastets que tenia a l'Escala. La presència d'aquests objectes no l'emplenà pas; més aviat hi agafaren un aire balder i precari. La majoria de les habitacions continuaren en una buidor absoluta; no recordo pas haver obert mai les portes d'aquestes cambres.

En el primer pis hi havia un gran menjador central ple de llum, molt clar, i dues habitacions, una a cada costat. Aquesta *suite* obria sobre la façana tres magnífics balcons que semblaven fets expressos per fer la vida contemplativa, tan fascinador era el panorama que els seus llindars presentaven.

En una de les parets laterals del menjador hi havia una xemeneia amb unes corbes una mica pretensioses, sobre l'enfila de la qual es veia un rellotge d'unes certes ínfules artístiques perpètuament aturat a les 5'25. El guarisme 5'25 m'ha quedat gravat a la memòria per una coincidència que es produí més tard i de la qual hauré de parlar. Aquell rellotge era curiós: tenia la part externa normal, el marc de bronze, el quadrant i les broques, però li faltava la maquinària posterior. Algú se la devia haver emportada. Havia quedat un rellotge fictici, inexistent, un rellotge dissecat. Al centre del local hi havia una taula de fusta blanca i quatre cadires de balca, sota d'un fil que penjava del cel ras, que sostenia una bombeta elèctrica posada a dins d'una càpsula de vidre molt artística, d'un color rosat, com una campaneta brodada. Aquella penjarella, suspesa i nua en l'espai d'aire massa voluminós, feia una certa angúnia. Era tot el que quedava del magnífic llum que hi havia posat l'*americano*.

Però en aquell menjador hi havia una cosa bona: un sofà, un sofà de Cadaqués, de caoba corbada, de color torrat, probablement vingut d'Itàlia, un sofà deliciós, una mica tronat, amb un matalasset cobert amb una cretona verdosa lleugerament esfilagarsada, d'unes dimensions perfectes, d'una comoditat absoluta, d'una receptibilitat per al cos humà tan positiva que arribava a inspirar sentiments de tendresa real. Però el curiós d'aquell moble és que formava part de les coses al·luvionals de la casa —dels objectes que la gent s'hi havia successivament descuidat. Vaig preguntar al representant de l'amo qui era la persona que havia comès l'error d'abandonar-lo, però no pogué pas donar-me'n una qualsevol idea clara.

A les parets del local, no s'hi hauria vist el més petit objecte si l'estadant anterior —un pintor suec— no hi hagués deixat penjades tres o quatre teles sense marc, tot just començades, que pretenien representar unes oliveres en procés d'objectivació, en un estat molt vague, molt poc concret, que no havia passat de la més incerta borrositat. Si no hagués estat que a sobre de la fumositat es veien unes pinzellades de verd fresc sense organitzar, hom hauria dit que més que teles iniciades eren teles esborrades. Quan em mirava aquelles temptatives abandonades em feia l'efecte que el pintor havia volgut acomiadar-se deixant un record a la casa, però que el record havia estat tan tímid i informulat com el que us poden deixar les faccions d'una persona que veiéreu passar anys enrera, una vegada.

La primera cosa que vaig fer, en entrar a la casa, fou acostar el sofà al balcó i posar una taula davant del llindar, per treballar. Com que la casa està acarada al sud i té tot el dia el sol a la cara, a l'estiu, vaig posar un filet de malla al llindar per endolcir la lluminositat. Quan la calor anà de baixa, el lloc esdevingué ideal per a estar. Ideal per a badar més que per a treballar. Entre una cosa i l'altra, però, vaig passar en aquell sofà, amb els papers i llibrots de la taula, moltes hores de prodigiosa solitud. A darrers de setembre, netes de la bafarada estival, les muntanyes de Pení agafaren el seu color de flor de farigola, entre violaci, blavís i malva. Sobre aquest fons, la blancor de les cases semblava perdre força i agafava una suavitat de color de palla, un daurat clar, una morenor pàl·lida. Les aigües de la badia, cap al tard, es tenyien de color de vi novell, rosat. En aquesta hora, a Cadaqués, hi havia un silenci, una pau, una calma extàtics. Del balcó estant veia passar la poca gent —figures petites— per la riba del Baluard. L'aire es tornava de color morat. El vent de garbí anava morint en aquest morat exhaust. La primavera d'aquell any havia vist l'Oberland de Berna, la flor mineral dels Alps. Els Alps m'havien semblat fulgurants, platejats, enlluernadors, rutilants. Quan comparava aquests records amb els que tenia dels Pirineus —i a Cadaqués em trobava en ple Pirineu—, em semblava que els Alps eren unes muntanyes d'una geologia clara i tònica, i els Pirineus, d'una geologia depriment i morada. Però això són coses d'ús merament personal.

Fou en l'inici d'un d'aquells capvespres de tardor —primers d'octubre—, trobant-me estirat al sofà, contemplant el color de farigola de Pení, que vaig sentir un xiulet que ratllà l'aire encalmat com si haguessin disparat un coet. La gent feia veremes i treballava als olivars, i aquell dia Cadaqués havia semblat un poble buit i deshabitat. Els sentits se m'havien adormit tan agradablement en el silenci, que aquell soroll tan pròxim i tan estrident em produí un sobresalt. Vaig sortir al balcó. La riba era deserta. No es veia res de particular. Amb el xaloquet de l'hora baixa, una vela penetrava lentament en la badia. L'embarcació em semblà forastera, i vaig mirar-la. En aquell moment havien carregat el davant i arriaven la vela de pla, després d'haver orsat. Vaig sentir que tiraven el ferro en mar per fondejar-se. El bastiment es trobava a l'entrada del Pianc, exactament davant de la casa que habitava. Al port de Cadaqués no hi ha pas un lloc més adequat per a tenir-hi una barca.

No em costà pas gaire de veure que l'embarcació era el «Mestral», una barqueta de quaranta pams que jo m'havia fet construir a l'Escala, i que després havia venut —per raons que no són del cas— a un pescador de Roses conegut per Baldiri Cremat. Aquest Baldiri era l'home de la xusma del port de Roses més valent, més desaforat i més arriscat. De seguida vaig comprendre que el xiulet que havia sentit era la salutació que m'havia dedicat. Baldiri era un home d'una presència agradable, però una mica inquietant.

Però tot això passà a segon terme, davant de l'entendriment amb què els meus ulls contemplaren el «Mestral». Era un petit quillat mallorquí pontat, excel·lent per a navegar a la vela, que Vadoret havia construït amb un gust extraordinari, una embarcació que m'havia fet fruir i que vaig vendre realment per força, de molt mala gana. El «Mestral» constitueix el centre dels records de la meva vida a l'Escala.

Quan el mestre d'aixa la feia, vaig passar moltes hores al taller de la Punta. Vaig arribar a viure en aquell barri. És agradable de passar l'estona amb els calafats. Vull dir en els petits tallers del litoral. Quan són massa grans, esdevenen baluernes de la indústria pesada. La construcció d'un vaixell de ferro fa un soroll infernal. És millor veure-ho del cinema estant. Ara, les petites drassanes són adorables. La fusta hi fa una olor deliciosa. La serra funciona amb una sonsònia monòtona i pausada. Els efluvis del quitrà al foc us obren la gana, i, si esteu refredat, us destapen. A l'hivern, la serradina i els flocs del taller us donen una escalfor als peus confortable. La maça del calafat no us ensordeix. És un cop sec i tallant, alegre, gairebé rítmic, que no us atabala. Veure construir un bastiment de dimensions humanes és apassionant. Requereix coneixements d'especialització moderada —vull dir homes d'ofici. És bonic veure fer un home del seu ofici; és més bonic veure fer un home del seu ofici que un regiment de treballadors movent el pic o la pala. Els oficis han creat les coses més belles, més gràcils, més elegants del món. El que fan les màquines és trist, hòrrid, depriment, d'una fúnebre vulgaritat.

Quan es presentava un client, el mestre d'aixa deia:

—Vós què voleu? ¿Una embarcació per a anar a la vela o per a navegar amb motor? ¿Una embarcació quillada a la manera mallorquina o una plataforma per a pescar la teranyina? Hi ha moltes classes de bastiments, perquè no hi ha dues coses iguals. Doneu-me la llargada, l'amplada i el puntal, jo us faré una maqueta i llavors veurem si el que voleu és una embarcació o una granota. Perquè podria ser que la cosa que vós voleu fos una tartana. El gust individual sol fallar.

—Home!

—És clar... Us ho deia ara mateix: no hi ha dos vaixells iguals, perquè ni els fets en sèrie no resulten iguals. Això de fer coses iguals, tipus únics, unitats, no ho fan ni les màquines. Ara, fer coses diferents, abandonar-se al caprici individual, és molt arriscat, perquè no se sap mai el que sortirà. Vós i jo sabem distingir una dona bonica de la que no ho és tant. Això ens pot ajudar a comprendre si el que teniu al cap és un vaixell o una tartana.

—Així, no hi ha cap regla?

—Poques. Tan poques com les de previsió dels avatars matrimonials. Digueu-me el que voleu; jo faré un projecte. El discutirem i llavors podrem tirar endavant. Un vaixell s'ha de fer per navegar, i això no és una fantasia: és una realitat.

Ja en possessió del que havia demanat, el mestre es posava en moviment, treia els seus papers, feia els seus dibuixos, tirava els seus càlculs. Era el treball del seu ofici, lligat amb la seva gràcia innata i amb l'experiència que podia tenir de la posició d'un vaixell posat, en qualsevol temps, en mar. S'entén en qualsevol temps, perquè, en la pura calma, no s'hi navega gairebé mai. Els càlculs i els dibuixos seran, doncs, la demostració pràctica dels punts de gràcia que calça l'home de l'ofici en el moment de la construcció del vaixell. Després, aquests càlculs seran transportats sobre la fusta —que sempre és preferible que sigui de roure— de les quadernes, de les costelles, per dir-ho com els estiuejants, que en formen l'estructura. De la precisió i la solidesa d'aquesta estructura, de l'ensemblament de les quadernes, en dependrà tot plegat: la navegabilitat, la seguretat, la gràcia i el confort de l'embarcació.

Abans que en la quilla, s'ha de pensar en les quadernes. Si voleu fer un vaixell a ull i a la babalà, poseu primer la quilla i lligueu-hi després les quadernes de qualsevol manera. Ara, si voleu fer una embarcació autèntica, construïu-ne primer l'estructura i munteu-la després sobre la rigidesa de la quilla. La quilla, en tot cas, és important. És sempre millor que sigui d'una sola peça. Jo he vist una quilla de tretze metres d'un sol tirat —un arbre magnífic. Aquesta fusta ha d'ésser d'un arbre noble. La quilla es munta sobre les dents de dos *pivots* de pi clavats a terra. És el que s'anomena posar la quilla. Després s'hi munten les quadernes, com qui reconstrueix un meló que ha estat tallat. Em serveixo del símil del meló perquè no en tinc altre de més exacte. De tota manera, tracteu que el vaixell no sembli un meló, i menys una síndria.

Lligar unes quadernes a una quilla és una operació delicada, de molta precisió. Les dels nedants, del centre de la quilla, tenen la forma oberta i pomposa de les banyes d'un bou que les tingui ben posades. Cap a proa, agafen la forma d'un angle més agut, que es va tancant a mesura que hom s'acosta a la roda. Del cantó de la popa, la seva forma dependrà de la que tingui la popa mateixa. ¿Quina popa voldreu que tingui? Si el bastiment és de motor, el vaixell s'acabarà en una superfície plana vertical a l'aigua. Si aspireu a velejar i a guanyar les regates, tractareu d'eliminar al màxim les superfícies de friccionament. En una embarcació de pesca, arrodonireu la popa de manera que pugui ésser útil a l'ofici. Anglaterra és un país —deia Voltaire— d'una sola salsa i de moltes religions. Un bastiment és un objecte d'una sola quilla i de moltes classes de popes.

Una vegada ensemblades les quadernes en l'arbre bàsic i les rodes de popa i de proa, cal lligar les puntes de les costelles a l'alçària de la coberta —o del pont— mitjançant la cinta. La cinta correrà a una alçària més o menys acusada segons el puntal de l'embarcació. La cinta és, doncs, la fusta corbada i fina que uneix les quadernes de proa a popa per la part superior. Quan s'ha tirat la cinta d'una embarcació es pot veure, perfectament, la forma que tindrà. Cal no confondre la cinta amb l'orla. L'orla és la sobreestructura de la cinta. La cinta és la ratlla de coberta —el pla del pont. Tirada, doncs, la cinta, l'embarcació queda com una gàbia de barrots corbats. Llavors es veu l'estructura del bastiment i es pot dir si ha sortit una granota o una forma gràcil, si agrada o no agrada. És l'hora, doncs, de fer les modificacions. Després, ja no hi ha res a fer.

En el cas que la forma s'accepti, es posen llavors els folros del vaixell, és a dir: es tanca la gàbia que formen les quadernes. Hi ha el folro exterior i l'interior: les planxes de fusta, generalment de pi, que hom adhereix a les quadernes, seguint un ordre de superposicions horitzontals. Folrat el bastiment, es pot dir que està acabat. Després, la construcció de la coberta i l'orla és cosa delicada. Calafatejar-lo, també. Donar-li el quitrà i la pintura són entreteniments divertits.

Una vegada tot això llest, cal crear la tripa del vaixell, que és obra del fuster de ribera: s'ha de col·locar el motor i establir els compartiments, els armaris i la infinitat de detalls que un vaixell ben fet ha de contenir. Una mirada als catàlegs anglesos pot ésser llavors d'una gran utilitat. En totes aquestes coses, s'hi pot veure el bon gust, la capacitat marinera del propietari. No heu de fer més que entrar en un vaixell per veure si el seu propietari és un home de mar o si el que pretén és simplement utilitzar-lo per a anar-hi a menjar un arròs una vegada l'any amb els amics en el racó d'un moll pestilent.

Un vaixell ha de portar el seu aparell. Quan el casc està acabat, hom hi ha d'arborar l'aparell. Encertar l'aparell, posar-lo bé, és qüestió de gràcia: cada bastiment és diferent i, per tant, el seu aparell és fatalment distint.

Vaig romandre al balcó contemplant el «Mestral» fins que la llum m'ho permeté. La presència d'aquella fusta gràcil i fina em portà a la memòria la meva estada a l'Escala, les llargues estones passades a les petites drassanes de la Punta, mentre s'anava construint. Quantes hores agradables! Quantes coses més agradables encara la construcció del «Mestral» no em projectà en l'esperit! Ara veia la seva silueta esvelta en les dues llums de la badia, la incerta taca blanca que feia sobre les aigües lleugerament tocades de morat del capvespre. Pensava que el «Mestral» havia fugit de la meva vida com la llum d'aquell crepuscle de tardor fugia en la calma absoluta, geològica, de la badia de Cadaqués...

De retorn al sofà —s'hi estava tan bé!— aparegué en la meva memòria una altra glopada de records amb una precisió extraordinària.

Avaràrem el bastiment al Port d'En Pernis, amb unes certes dificultats, perquè el paratge és brut i té poques aigües. Però Vadoret se sortí de tot. La seva experiència és molt llarga. Decidírem fer una primera travessia a Cadaqués per provar-lo. Encara no tenia nom. En realitat, no sabia quin nom posar-li.

Passàrem uns dies molt agradables. En ple estiu, arriba un moment en què, tot i saber a què us exposeu, us entren unes ganes fabuloses de no fer res. El cel i la terra, el mar i la muntanya, el vent i la calma, us inciten a passar el temps en nimietats menys doloroses que escriure papers intranscendents però empipadors. Es produeix aquesta contradicció: la millor manera de passar l'estona consisteix a no fer res. Escriure és una nimietat tan complicada que arriba a devastar-vos. Qualsevol pretext és bo per a deixar-ho córrer una temporada. El treball intel·lectual té aquest defecte: pot ésser molt dur; però, com que no fa suar, no elimina mai dels teixits del cos els tòxics sobrants. Les tristes i ineluctables al·lucinacions mentals gasten les fibres, però no us inciten a reposar vitalitat; un esforç físic us rejoveneix; un esforç mental us envelleix. Us entren ganes irreprimibles de suar, d'estirar una corda, de llevar uns palangres, de remar. Al vespre teniu son; el cervell rebutja qualsevol obsessió, us entra el defalliment deliciós de la felicitat. No es pot pas demanar una evasió més útil que la que produeix un vaixell.

En passar per la Riba de Cadaqués vaig veure que se m'acostava el senyor Víctor Rahola, amb el seu aire més aviat poc marcial. Un senyor ja gran, més de seixanta anys, però molt florit, d'una meravellosa, nacrada, sentimental vitalitat. Vestia a la manera vuitcentista, de dril de color de mantega, la camisa perfectament emmidonada. Quan veig aquest senyor, la memòria se m'aviva. Hem tingut tants amics comuns —molts ja morts— i hem estimat tants paratges remots i solitaris d'aquestes i d'altres costes, ens uneix un tal amor pel mar que jo sóc per a ell un excitant de la imaginació i ell, per a mi, una deu abundant de vida, de records i d'experiència. La seva personalitat confina, d'un cantó, amb els extrems de la medicina més complexa i de l'altre amb els de la poesia més amable. Trobar-lo és per a mi una cosa agradable, un autèntic encant. La seva personalitat, que en el tracte amb les persones senzilles pot arribar a la més absoluta naturalitat, deixa entreveure sempre un paisatge, vast i dilatat.

—I bé, sembla que tenim un vaixell... —em digué enriolat.

—Sí senyor. Tinc un vaixell, que utilitzarem quan vulgui per anar on més li agradi.

—I quin nom li heu posat?

—Encara no té nom. No sé pas com batejar-lo.

—Per què no li poseu «Mestral»?

—És un nom que té molt de vent a la flauta.

—És un nom bonic. És el nom del vent més sa. Personalment, em guareix tots els mals. El nom popular del N.NO. és general a tot el Mediterrani, és una paraula de la llengua franca. Així s'anomena en català i en castellà. En llenguadocià i provençal és *mistral*. En italià, *maestrale*. En grec modern, igual. En les llengües eslaves i en turc, crec que la paraula és molt semblant. Jo no he comprès mai per què els vaixells dels clubs tenen noms exòtics o rars. Els noms de la llengua francesa són els més normals.

—Realment, és un nom bonic...

—A més, la paraula mestral em fa pensar en una de les travessies més extraordinàries fetes per mi. Fou una travessia perillosa, rapidíssima, sensacional. Si us dic que jo he anat de Cadaqués a Civitavecchia en menys de quaranta-vuit hores en un bergantí goleta, potser no us ho creureu. La causa en fou un cop de mestral.

—A veure, senyor Víctor...

—Quan jo era petit, la meva salut fou molt escassa. Els meus pares decidiren embarcar-me en un dels velers de la seva propietat que feien el trànsit d'Itàlia. Generalment anaven a Anzio a carregar dogues de castanyer per a les bótes. Conec Anzio de fa més de cinquanta anys. Els meus pares cregueren que un viatge per mar m'enfortiria i em faria tenir gana. Així, doncs, vaig embarcar-me. Sortírem de Cadaqués amb un bergantí familiar tripulat per gent d'aquest poble, excel·lents navegants. Era a l'hivern i hissàrem les veles amb mestral fresc, que és el millor vent per a sortir, com sabeu, d'aquesta badia; al Cucurucuc de S'Arenella totes les veles havien estat allargades i el bastiment navegava en popa rodó, rabent. Ja fora de la badia, el patró preguntà a la seva gent, com era habitual:

»—Què hem de fer? L'emprenem?

»A l'hivern, amb vents de la terra, no solia pas ésser gaire corrent de travessar el mar de banda a banda. El nostre destí era Civitavecchia. Hi podíem anar de dret, per les Boques de Bonifaci, amb l'empopada o fent una proa més al nord, sobre les Hières, orsant. La gent contestà: "Emprenguemla!". I el patró s'hi conformà. Així, doncs, posàrem la proa sobre les Boques de Bonifaci. Jo era una criatura de tretze o catorze anys i tot em semblava una meravella. Anàrem deixant la costa enrera. El vent, en això, requintà. Sobre Pení passaven, en el cel fred i lívid, petits núvols esquinçats com parracs. Arribà un moment en què la taca blanca de l'ermita de Sant Sebastià quedà flotant sobre l'aigua. Davant el carés del temps i la força creixent del vent, el patró manà que totes les veles altes fossin aferrades. Així caigueren successivament escandaloses i *velatxos* alts, pitifocs i veles d'estai. Però, com que el drap era encara excessiu, caigueren de seguida les majors i les mitjanes. El bergantí quedà com un enorme ocell desplomat. Navegàvem només amb la *redonda*, per mantenir la proa alçada i àgil. Quedàrem pràcticament a pal sec: l'onatge ens empenyia d'una manera forta i ens feia rodolar; els pals i el cordatge de l'aparell xiulaven, tensos, i tot semblava dominat per una energia nerviosa i crepitant. Els paquets d'aigua entraven per la popa, el ruixim ens cobria d'una humitat salada. Els xiulets aguts i serpentejants que el vent feia en els obencs, en els estais, en els arbres, en les gàbies, encara els tinc gravats en la memòria i constitueixen un dels records més vius d'aquells anys. El bergantí caminava aixecant per la proa dos enormes rínxols d'aigua i d'escuma, donant-se ara a una banda ara a l'altra. La meva estabilitat en coberta era nul·la, i el patró em tancà a la cambra. En un dels seus angles hi havia un fanal fixat —havíem sortit a la tarda i s'havia fet fosc— que tan aviat veia al sòl de terra com a dalt. El bergantí rodolava en un moviment de pèndol fenomenal. Però el que recordo amb més precisió de la primera part del viatge són les onades, els cavalls de mar del golf del Lleó, onades en forma de caverna, obscures, coronades d'una furiosa cresteria d'escuma blanca, altes, enormes. Ens corrien al darrera i semblava que se'ns havien d'engolir; però el bastiment, molt ben governat —el patró no es mogué del costat de la roda del timó fins que haguérem rendit viatge—, fugia sempre, en un núvol de ruixim, al fil de la ruptura de l'onada enmig d'una explosió d'aigua xarbotant. El vent se'ns emportava. Navegàrem les Boques, i els focs de Còrsega i Sardenya desfilaren i es perderen de vista a una velocitat fantàstica. A redós de la costa de Sardenya el vent es presentà menys pitjat. Quaranta-sis hores després d'haver sortit de Cadaqués fondejàrem a Civitavecchia, rellotge en mà. El manteniment del governall i la tensió nerviosa fatigaren una mica la gent, però en veure la primera taverna tothom es revifà...

—No en parlem més, senyor Víctor. El quillat es dirà «Mestral», per recordar el seu viatge.

I vet aquí per què aquell vaixellet —que ara acabava d'arribar a Cadaqués— es digué «Mestral».

Acabava de sopar. Trucaren a la porta. Baldiri Cremat aparegué al menjador acompanyat d'un home que Baldiri em presentà com el seu cunyat, Pau Saldet de nom de casa. Tot el que Baldiri tenia d'obert i xerraire, Saldet semblava tenir-ho de reservat i d'impersonal. Baldiri entrà amb la gorra posada; l'altre, amb la gorra a la mà.

—Ja heu sopat? —que vaig dir-los.

—Sí senyor, ja hem sopat.

—Què prendreu, que jo us pugui donar?

—Vostè mateix... No voldríem pas molestarlo...

—Heu vingut amb el «Mestral» a pescar?

—No senyor. Anem a França.

—És un bon barquet per a anar a tot arreu, ja ho sap.

S'entaularen; Baldiri, francament; Saldet, amb una mica d'anca apuntada a la cadira. Vaig fer portar cafè i rom blanc.

—Voldríem parlar un moment amb vostè —digué Baldiri encenent una fària.

—Endavant...

—No li vindria pas de gust de venir a França? Nosaltres hem dit: «Potser li vindria bé de venir a França, potser encara n'escriuria alguna atzagaiada».

—És clar...

—Aquí, a Cadaqués, hem carregat uns mallals d'oli. Ja sap que l'oli de Cadaqués no té rival... El portarem a una banda o altra i guanyarem el viatge. De retorn, carregarem coses per a bicicletes; coses de preu i de poc volum. Hem de veure un home als estanys de Salses. Si vostè vol, és cosa de negoci. En realitat és anar a xalar...

El qui parlava era Baldiri. El seu cunyat mirava a terra. De vegades feia amb el cap un senyal que s'hauria pogut prendre com d'assentiment. Pau Saldet semblava un home misantròpic i concentrat.

—El que no comprenc —vaig dir després d'una pausa— és el paper que jo hauria de fer en aquesta classe de viatge...

—Jo no li proposo de fer cap mena de paper... —digué Baldiri, picat—. Ha de venir a fer de senyor. Ha de venir a despistar. Vostè, diríem, és l'amo del «Mestral» que ens ha llogat a nosaltres per córrer la costa del Rosselló fins a Leucata. Comprèn? Ha de representar l'amo, anar al cafè i llegir el diari... Nosaltres serem els seus mariners, si vostè vol, els seus criats...

—Tu, Baldiri, ets una mostela. Digue'm la veritat: què hi vols anar a buscar, a França?

—El que li dic. Ni més ni menys que el que li dic. No l'enganyo. Posem que no l'enganyo per casualitat... però aquesta vegada és així mateix. Què vol fer-hi? Tothom treballa a la seva manera.

—Està bé, i gràcies per la franquesa... ¿I quants dies ha de durar el viatge?

—Si tot va bé, posem una setmana. Avui som dissabte. Ens hem de trobar als estanys de Salses, d'avui en vuit, dissabte que ve, a l'hora baixa. Carregada la mercaderia, vindrem sobre Cap de Creus d'un llarg.

—Si el temps és bo...

—Ja ho serà. Mentrestant, vostè tindrà tots aquests dies per a passejar-se pel Rosselló. És un país que si no el coneix li agradarà. Si es decideix, la cosa quedarà molt ben posada.

—Quan penseu marxar?

—Nosaltres estem a punt. Si li sembla, ara mateix. A la matinada hem de veure un xicot del Port de la Selva. Serà a Cala Prona amb la trainyera.

—Qui és aquest xicot? Baldiri, jo et tinc per un home viu i enraonat, però veig que hi ha molta gent embolicada...

—Aquest xicot de la Selva és un home que de jove desertà i pescà molts anys a Leucata. És un pràctic. Ens ha d'ensenyar els passos.

—Els passos de què?

—Els passos dels estanys.

—Vindrà embarcat?

—No senyor. Ens ho explicarà... ¿No té cap escopeta?

—I per a què la vols, l'escopeta?

—Perquè als estanys hi ha moltes fotges i molts ànecs, i en aquest temps, tota mena d'ocells de pas. En el cas que els francesos ens diguessin alguna cosa, podríem dir que anem als estanys a matar un ànec.

—Veig que em vols fer fer el senyor de tota manera. Però el cas és que no he tirat mai cap escopetada.

—Si té una escopeta, l'escopetada la tiraré jo, no s'amoïni.

La realitat era que ni jo tenia cap escopeta ni hauria sabut on trobar-ne una a Cadaqués en aquella hora.

Coneixia Baldiri de tota la vida. Herniós me l'havia fet conèixer anys enrera. Hermós el considerava un dels xicots més llestos i valents del port de Roses. Potser el tenia per un home massa viciat

—massa donat a les dones, als roquills i al canari. Però deia que a la popa d'una embarcació era una fava. Quan Hermós deia d'una persona, de qualsevol ofici, que era una fava, s'hi podia comptar.

La presència del «Mestral» a Cadaqués, després de tants anys d'estar-ne separat, m'havia somogut el pensament. Em feia una veritable il·lusió de passar uns dies amb aquelles fustes tan estimades. Malgrat no tenir-hi ja res absolutament a veure, no l'havia pogut oblidar. Per altra part, la setmana que venia no tenia res, concretament, a fer. Res no m'apressava... Així, vaig dir a aquells homes que iria amb ells als estanys de Salses.

—Què haig de portar, Baldiri? —vaig preguntar-li.

—A bord hi ha de tot. Porti un parell de flassades, perquè les nits són fresques. I algun diner, és clar... No podem pas fer el ridícul, comprèn? No perdrà pas el temps... Si tot va bé, li farem un regal...

—Bah, bah!...

En sortir al carrer, amb les flassades sota el braç i una petita maleta amb les coses personals, vaig veure que feia una nit molt humida, lleugerament borrosa, sense núvols, sense vent. Si hi havia algun baf era de migjorn, molt fluix, el vent ideal per a passar. A Cadaqués hi havia un silenci absolut, total. Les bombetes cremaven com cuques de llum fatigades. No es veia ànima vivent. La campana esquerdada de l'església tocà deu hores. La campana de l'església de Cadaqués no té un so greu i pausat; toca les hores d'una manera massa ràpida i saltironejant.

En arribar a la platja del Pianc, sortí de sota un bot un xicot jove que s'afegí al grup. Era un amic de Baldiri, probablement el que li havia proporcionat l'oli que havia comprat. Semblava mig endormiscat. Digué bona nit i ja no li sentírem més la paraula. El xicot ens portà amb el seu gussi silenciosament, remant sense treure els rems de l'aigua, a bord del «Mestral». Quan ens hi hagué deixat, tornà a empunyar els rems i se n'anà sense dir paraula.

—En aquest país, quan es troba una persona que no enraona, és molt agradable... —vaig dir a Baldiri.

—Aquest xicot no té rival. És un as per a treballar a la nit.

Hermós hauria dit: «És una fava».

Llevàrem el ferro, engegàrem el motor i salpàrem.

El motor era sorollós. Un motor de cotxe desgavellat. Baldiri agafà el timó i posà proa al petit far de Calanans, sens dubte per donar entenent que tornava a Roses. Malgrat que Cadaqués no oferís el mínim perill, aquella prudència m'agradà. Navegàrem així una estona. En trobar-nos a la boca de la badia, Baldiri digué a Saladet:

—Hissa la vela, Pau!

Mentre el drap pujava pal amunt, Baldiri féu apuja i posà proa al foc de Cap de Creus. El ventet era fluix, la vela s'inflà una mica, just per a treure l'escota de bord. Però el «Mestral» s'animà i, encara que l'ajuda era poca, s'hi conegué. Era fet per anar a la vela i li era suficient una mica de bat per a demostrar les seves excel·lents qualitats. Navegant a la vela, sempre tenia el cap alçat, la proa dreta, clara i esvelta.

Vaig donar una ullada al quillat. No era pas tan net —cosa natural— com quan jo el vaig deixar. Li faltava una pintada. El fregadís dels arreus de pesca hi havia deixat els seus senyals. Però la peça estava intacta i el petit bastiment, en certa manera, havia guanyat: semblava més amarinat, més fet.

Sobrepassats Portlligat i la badia de Guillola, Baldiri navegà al fil de la costa. Coneixia el país. La nit era molt fosca, però s'hi movia amb uns ulls de gat. A la Claveguera trobàrem la calma, però el corrent era de la Mar d'Avall, i el «Mestral» sortí dels rocs ràpidament. Aparegué a nord-oest la resplendor de les llançades de llum invisibles del foc del Cap de Biarra.

Quan, navegat Cap de Creus, s'entra en el golf de la Selva, sembla que les aigües són més pures i profundes, que els vents tenen més embat, que la naturalesa es presenta amb una llibertat i una força que no té en cap altre indret del nostre litoral. Passat per l'inhòspit pla de Tudela, el vent semblà requintar. Navegant del car, sobre la calma de les aigües, a penes arrissades pel ventet, el «Mestral» es portava esplèndidament. Se sentia a la roda de proa el glu-glu que hi feia el tirabuixò d'aigua.

Arribàrem a Cala Prona a les dues de la matinada. Fora de la cala, cremaven els petromaxs d'una trainyera. Es veia un home amb el coll de l'americana alçat, els rems a la mà, llampat per la luminositat blanca i blavissa. Darrera mateix dels rocs de l'entrada de la cala hi havia la barcada fondejada. En passar-hi a fregar, a la llum del fanal greixós, veiérem la gent dormint en coberta, embolicada amb les mantes. Ens fondejàrem al costat de la barcada.

La humitat era tan forta que travessava els abrigalls. Em semblà que havia arribat l'hora de recollirme al coi de sota proa. Vaig esquitllar-m'hi i hi vaig trobar, amb un matalàs primet, una escalforeta reconfortant. Deguí adormir-me ràpidament. Quan vaig despertar-me, el sol ja era alt.

En treure el cap pel quarter, amb els ossos una mica allomats per l'escanyoliment del matalàs, vaig veure que continuava la calma i que la trainyera havia salpat. Cala Prona és potser l'accident geològic més típic del golf de la Selva. És un reclau d'una puresa mineral absoluta. No hi ha cap rastre de vegetació. Hi ha una barraca d'aspecte tràgic, d'una pobresa esfereïdora. El mar hi té una llibertat viva, una inflor tibant. En l'aire humit i dens, la foscor geològica semblava haver-se agrisat. Es veia la silueta d'una gavina immòbil, amb un aire una mica arraulit, en el roc de l'entrada de la cala.

Els meus companys havien encès el fogó i feien el sofregit d'all i ceba per fer un suquet de peix. El fogó fumejava una mica. L'olor de la ceba era deliciosa de respirar. Al costat del fogó es veien una dotzena de verats amb les pinzellades de blau elèctric que tenen aquests peixos en sortir de l'aigua. Sens dubte la trainyera els havia regalats. El verat no és pas un peix per a menjar cada dia. Embafa una mica. Però per a menjar-lo de tant en tant i en suquet al corredor d'un vaixell, amb la gana natural, ofereix perspectives de la més respectable importància. Un suquet de verats és un excel·lent ressopó i, llevats de matí, un suculent esmorzar.

Amb Baldiri i Saldet hi havia, al voltant del fogó, un home desconegut; vaig suposar que era el xicot de la Selva coneixedor dels passos de l'estany de Salses. Era un home d'edat, blanc de cabells, d'un color de pell olivaci, mal afaitat, amb una gorra de dol, que contrastava amb el seu ull esquerre, que era blanc, mort i sortit com un ou de colom. Era un home alt, corpulent, i portava un bigoti gros i caigut, de gavatx. Em digueren que es deia Quimet i que era conegut per Quimet de la Selva entre les seves amistats.

Quimet de la Selva tenia la paraula. Baldiri l'escoltava fumant. Saldet, amb la llossa a la mà.

—Quan haureu deixat el Racó —deia— entrareu en el platjar del golf, que no s'acaba mai. Heu de navegar llavors proa a nord, a la nit proa a la polar, a cinc o sis (si és bon temps) palangres de la costa, que és molt baixa. Si us trobeu amb vents del car de llevant, separeu-vos del platjar, perquè els secs rompen i quedaríeu cargolats. Fent aquest rumb, si el dia és clar, veureu aviat el cap de Leucata, que és de color blanc, no pas gaire alt, i sembla que l'han enfarinat. A sobre el cap hi ha els pals d'un semàfor...

Saldet degué considerar que el sofregit era al seu punt. Tirà a la cassola vuit o deu verats, un ramet de julivert i al cap de pocs moments ho cobrí tot d'aigua. Després tapà i tragué la petaca.

El dia s'alçava amb molta dificultat. Sobre el mar flotava un aire opac i blanc. El temps era humit. Sobre la coberta del «Mestral» l'aigualatxa cobria els corredors. Es podia preveure l'entaulament del vent al sud —o calma. A dins del reclau petri, el silenci semblava tenir una profunditat insondable. De vegades saltava un peixet sobre el mirall llis de l'aigua.

—Així, doncs, navegareu aquest litoral —digué Quimet reprenent la paraula— des del racó d'Argelers, per Canet, que és la platja de Perpinyà, fins al Barcarès de Sant Llorenç de la Salanca. Malgrat ésser un paratge esgarrifosament obert i sense defensa, al Barcarès hi veureu unes parelles del bou sobre el sorral. Més enllà del Barcarès la costa esdevé una minsa cinta de sorra, darrera de la qual, fins a la terra ferma, hi ha l'estany. L'estany és molt gran. La cinta té, fins a Leucata, més de quinze quilòmetres de llargada i cobreix un engolfament molt ample. És un paratge d'aigües somes, molt peixateres, una mena de mar morta, excepte quan fa tramuntana. Guardeu-vos-hi, per l'amor de Déu, de la tramuntana!

—Si les aigües són tan somes, ¿hi podrem navegar amb aquesta embarcació?

—Hi podreu navegar amb dificultat, sobretot si no pareu esment d'acostar-vos a l'extremitat nord de l'estany, vull dir d'acostar-vos al màxim al cap de Leucata. Penetreu en l'estany el menys possible. Penseu que gairebé totes les barques de l'estany són de fons pla, com caixes de morts. L'avantatge que té trobar-se en la proximitat del cap és que si us hi agafa el cerç —que és el nom que en la gavatxeria donen a la tramuntana— podeu fugir pel grau i posar-vos a redós del cap.

A mesura que Quimet de la Selva anà formulant els seus consells, a Baldiri se li anà ombrejant la cara. Com sempre, Saldet féu els seus signes d'assentiment, però no vaig comprendre amb claredat si els feia a les paraules de Quimet o a la preocupació del seu cunyat.

—Però tan somes són les aigües? —preguntà amb un punt de nerviositat.

—Són somes. Tan somes com vulgueu. Però, si trobeu bon temps, amb paciència trobareu els passos. Navegueu amb calma, sondegeu l'aigua amb un pal. Potser de vegades tocareu el fons de fang i sorra i us haureu de descalçar. Tot això no serà res si ensopegueu bon temps... Permeteu una pregunta: ¿on l'heu de trobar, aquest home de qui em parlàreu?

—Al platjar mateix del cap de Leucata.

—Ja m'ho pensava. No podria ser enlloc més. És l'únic paratge a què podreu arribar, si teniu sort i paciència, amb aquesta embarcació.

—I, a l'estany, com hi entrarem?

—Pels graus que s'obren en la cinta del sorral. N'hi ha alguns, pocs, de fixos. Altres són incerts. De vegades un cop de mar rebenta la paret de sorra i forma un grau —grau que es pot mantenir o, per l'acció d'un altre carés de temps, quedar tapat. Pot passar també que les aigües de l'estany es boteixin i que rebentin la cinta sorrenca i entrin en el mar. Els vents, els corrents, l'embat del mar, fan els graus. A sis o set llibants a migdia del cap de Leucata hi ha un grau fix —almenys hi era quan jo vivia en aquells paratges. Aquesta és l'entrada que heu d'utilitzar.

—Dieu a sis o set llibants?

—Sí. Entreu-hi si pot ésser en popa, amb gregal, i tracteu de seguida de guanyar el redós del cap.

—Hi ha gent a l'indret?

—Ni una ànima. La gent del poble de Leucata pesca molt més endins de l'estany, a llevant del poble, amb les seves barques negres i planes. En el lloc que us dic, potser hi trobareu en aquest temps algun caçador d'ànecs o de fotges. Són gent que es passen la vida entre els joncs i els canyissos, a dins d'unes sabates de goma molt altes, a l'aigua, amb l'escopeta a la cara.

Es produí una pausa, durant la qual Saldet obrí un mica la tapadora del suquet, cosa que permeté l'expansió del saborós perfum de la cassola.

—Quimet —digué Baldiri—, les notícies que em doneu no són pas gaire agradables.

—No us podia pas, em penso, enganyar...

—Bé ho sé prou, que no em podíeu enganyar.

—Per parlar-vos amb franquesa, el que no comprenc —digué el de la Selva amb amabilitat— és com us heu compromès a anar a recollir un gènere en aquells paratges...

—A la força els pengen, Quimet! En primer lloc, l'home que haig de veure viu en el poble de Leucata mateix. No hi ha hagut manera de fer-li portar la mercaderia a Portvendres o a Cotlliure. Com que ho tenen tot venut, estan mal acostumats. Podeu estar segur que si no li anés a buscar el gènere no me'l portaria pas.

—Sigui com sigui, el paratge no és pas fàcil. Sort que vós...

—Jo, Quimet, no sóc més que una bèstia de càrrega. I encara hi ha gent —afegí mirant de reüll Saldet— que si bec una copa m'ho tiren en cara...

Pau Saldet portà els plats i les forquilles, el vi i el pa, i menjàrem el suculent suquet de verats. Era fortet, s'hi sentia la punta d'un bitxo vermell i maliciós, però en aquella hora i amb la humitat que hi havia a l'aire tot ens hauria semblat fat. Encara que en temps d'octubre els verats no tenen —com tot el peix blau— la tendresa grassa i substanciosa de la primavera, resultaren no ja mengívols, sinó importants. El vi de Roses, de tretze graus, que aquells homes portaven i que en altres moments no hauria pogut rebre, passà admirablement. Sortírem de l'esmorzar positivament reconfortats. Un cafè de barretina, claret, fort i perfumat, i una gota de rom ens acabaren de posar a to per a emprendre la marxa.

Salpàrem. Quimet es desembarcà a la platja que hi ha sota la pedrera de llambordes de l'entrada del Port de la Selva. Veiérem com s'allunyava amb el cabàs a l'esquena, corriol amunt. Quan arribà a dalt, ens saludà amb el braç.

Trempàrem la vela altra vegada, paràrem el motor i férem proa al cap de Cervera. El vent era bo però fluix. Res no ens apressava. Saldet agafà el timó. Baldiri s'estirà. Anàvem deixant enrera el golf de la Selva, l'obscura geologia del qual, vista a través de la humida opacitat de l'aire, tenia una lluïssor somorta. Les muntanyes de les Alberes flotaven en un emboirament que la llum del sol no acabava de penetrar. El «Mestral» avançava lentament. La costa era solitària. Era diumenge. A la una menjàrem una queixalada i a les dues érem fondejats al racó de garbí de Cervera, davant d'unes botigues tancades plenes de coloraines i d'un cafè que ens semblà molt animat.

Baldiri digué que tenia set i saltà en terra. Saldet, en canvi, afirmà que no pensava moure's de l'embarcació. Vaig desembarcar-me amb la intenció de fer quatre passes.

Si Cervera no fos una frontera i una estació internacional, a l'indret no hi hauria ni una ànima. Seria més poca cosa que la platja de Colera. És un reclau d'una geologia obscura, carbonosa, amb una platja de pedrigolet ennegrit i funerari. En aquella hora —les tres de la tarda— el sol es trobava ja darrera les muntanyes i l'ombra cobria la població. Enxubada en l'estreta geologia de la cala, el seu urbanisme sembla comprimit. Els carrers, deserts, produïen un efecte depriment.

Cervera és un teló de teatre. I no ho dic pas per la presència de l'estació, de la duana i de la policia. Aquestes venerables institucions projecten sobre el poble una reserva, una fredor, una circumspecció visibles. Com en totes les poblacions de frontera, sembla flotar-hi un misteri. Sota de la cortesia, la gent dissimula la seva indiferència. Tothom va amb peus de plom, però tothom va a la seva. Tothom calla, tothom furga, tothom fa un paper diferent del que representa. Si hom no hi és a dins, no hi comprèn res. Totes les ciutats de frontera són iguals; una caixa tancada. Però a Portbou sembla haver-hi més inconsciència.

No. Cervera és un teló de teatre perquè hom ha tractat de demostrar-hi que la frontera que hi passa és realment separativa, àdhuc per a la gent del país. Entre Catalunya i el Rosselló no hi ha cap frontera real, en vista de la qual cosa hom ha creat una frontera d'escenografia: l'urbanisme ha tractat de crear una població destinada a assenyalar acusadament una diferència. Com que no hi havia res que separés, hom ha hagut de fer cases i teulats diferents. Els teulats, sobretot, són francesos, vull dir de França endins. Una mica més amunt tornen a ésser catalans, les teules tornen a ésser com les nostres teules. Però a Cervera havien d'ésser diferents.

El que ha passat amb els teulats i amb l'urbanisme de Cervera ha passat a tot el Rosselló amb la llengua. L'Estat unitari, d'una manera deliberada, hi ha accentuat la porqueria dialectal amb la intenció de crear un *patois* deslligat de la llengua del país, destinat a demostrar la corrupció de la llengua. La finalitat ha estat buidar els rossellonesos de la seva llengua materna. Si això els hagués donat més disposició per a parlar millor el francès, l'acció, fins a cert punt, es comprendria. Però a París els coneixen d'una hora lluny quan parlen francès. El seu accent produeix una hilaritat inconcebible. Així, s'ha creat una gent a la qual s'ha llevat el mitjà d'expressió real i autèntic. Ha estat una trista, antiquada, antinatural política lingüística, apta només per a fomentar la mediocritat i la despersonalització de la gent. Però les llengües, fins i tot quan arriben a determinats extrems de corrupció, són dures de morir.

No tenint res a fer a l'estació, ni a la duana, ni a la policia, en un moment determinat vaig sentir la impressió de trobar-me en un poblet de Normandia pietat sobre un paper. Vaig passar una estona comptant els vagons dels trens que anaven passant davant dels meus ulls. En llocs així gairebé no es pot fer res més. Però, després d'haver comptat els vagons de quatre o cinc trens llargs, sentiu que l'ensopiment us asfixia.

Quan vaig arribar a la platja fosquejava. En passar per davant de la porta del cafè vaig veure Baldiri parlant amb un home animadament. Aquest home semblava un botiguer, i a més un botiguer del nostre país, en el sentit que sobre d'ell no es veia encara l'empremta de la cuina francesa. Si s'ha produït algun element diferencial entre catalans i rossellonesos, és la diferència de cuina el que l'ha produït —molt més que les disposicions polítiques o administratives.

En passar davant de Baldiri, em semblà molt animat. Em picà l'ullet. Vaig sospitar que la persona en forma de botiguer, baixa, grisa i grassoneta que tenia al seu costat li era propícia.

En arribar a bord, vaig veure que Saldet pelava unes patates. La seva intenció era fer una bullida de patates i de mongetes seques. L'indefectible sopar d'hivern. Saldet formulà un soroll bucal, em dirigí una rialleta i continuà la seva feina. Al cap de poca estona, caminant lentament pel pedruscall negre i moll, arribà Baldiri.

—Ja tenim una feina feta... —digué en el moment de saltar a bord, de baix en baix, absolutament d'acord amb l'esperit que impera a les fronteres.

—Ah!...

—He venut l'oli al botiguer d'ací davant. Aquestes coses sempre es fan a través de les botigues.

—L'heu venut bé?

—Hi he guanyat l'estona. Què vol més?

En aquell moment incert, immediatament anterior a l'aparició de la il·luminació pública, vaig veure que un home s'acostava al trencall de la platja, davant de la popa del «Mestral». Era el botiguer. Portava una gorra i un abric. Baldiri i Saldet desembarcaren les llaunes d'oli —que hom hauria pogut confondre amb llaunes d'essència— en un moment.

Amb un parell de viatges traslladaren els deu o dotze mallals a la botiga immediata, la porta de la qual era ajustada. No aparegué pas cap mena de llum a la botiga. Cinc o sis minuts després aparegueren els meus companys amb les llaunes buides.

—A quina hora vols sopar? —vaig sentir que deia Saldet.

—Ja soparem a Banyuls! Lleva el ferro!

Baldiri posà en marxa el motor, però donà només la mitja marxa. Era calma blanca. Ni un alè de vent. De seguida que haguérem sortit del reclau —es veié passar un tren per sobre de les cases de la platja— aparegueren a llevant, llunyans, fosos en l'atmosfera grassa, els esclats del foc de Cap de Creus.

Baldiri xiulava. Semblava content. Potser havia begut una mica. Es llevà la gorra, es descordà el botó del coll de la camisa i encengué una cigarreta aspirant amb força. Es contenia, però la satisfacció li sortia fora de la pell.

—Aquestes coses, com més aviat són enllestides... —digué com si parlés amb ell mateix.

Baldiri tenia la satisfacció del deure complert.

Navegàvem al fil de la costa, negra com una gola de llop. El cel era baix, la humitat intensa. El soroll del mar en el coster era imperceptible. Semblàvem embolicats en el silenci. L'aire era gras, entebeït. Les fustes, les robes, els cabells, humits.

—Vol creure que no estic mai bé a Cervera? És un lloc que si entrés mal temps us hi perdríeu...

El trajecte de Cervera a Banyuls és bastant llarg. Vaig esquitllar-me al coi de proa i deguí quedar adormit. Vaig dormir moltes hores. En despertar-me, vaig veure la vila de Banyuls, el «Mestral» fondejat a la riba i les primeres clarors del dia. Davant del fogó, Saldet feia el cafè.

Érem fondejats a la riba del racó de llevant, l'únic lloc una mica resguardat de la graciosa corba que fa la badia. A l'altra extremitat de la platja es veia la baluerna banal del Laboratori Aragó de biologia marítima. Entre aquests dos extrems s'estenia el poble: davant nostre mateix, el barri de pescadors, costerut, popular, pintoresc; després, Banyuls s'aburgesa i presenta un seguit de cases bones i abundants cafès. El gran plàtan —ara rovellat— que hi ha davant del cafè de la Madama Py ha de fer a l'estiu (vaig pensar) una ombra deliciosa, ha d'ésser un paratge adequat per a prendre l'aperitiu. Més enllà hi ha el grau de la riera i diverses construccions que semblen magatzems de vi.

Així com Cervera és una decoració de teatre, la part del poble de Banyuls que dóna a la platja és una població catalana sense cap vestigi antic —una vila desplaçada de l'interior a la marina quan la tranquil·litat en el mar fou establerta.

Prenguérem el cafè i vaig afaitar-me en coberta. Mentre m'afaitava, vaig mirar les muntanyes que envolten l'embut de Banyuls. La geologia del golf de la Selva és sempre la mateixa: llicorella esbocinada, de color fosc, amb una resplendor rogenca, muntanyes de formes bovines, inflors de formes dolces i llargues, cobertes de pedruscall, terra de vinyes admirablement cultivades sobre els plans superposats de les parets seques. Acabada l'operació de l'afaitat, vaig anar-me a rentar la cara a la font que hi ha a la part baixa de la riba, darrera de les barques de sardinals tretes a la platja. A la font hi havia una noia de disset anys de formes plenes i tibants, d'una turgència de corbes esplèndida. Portava els braços a l'aire i la seva roba era sumària i minsa.

—Tenim pas fred? —que jo vaig dir-li.

—Jo no tinc mai fred! —contestà amb un somriure en les dents blanques, els llavis humits i els ulls d'ametlla. Tenia una esplèndida mata de cabells d'un daurat fosc, d'una força jove, lluminosa, magnífica. Vaig pensar que era la persona que hauria servit per a fer la somniada Venus del Pirineu. Emplenà els càntirs amb el braç recolzat en la cara de la font, donant-me l'esquena. Prodigiosa esquena! Vaig pensar en un mot de Fustel de Coulanges sobre els flancs de la Venus: en el flanc de la figura, hi palpitava tota la cultura antiga.

Em semblà agradable de trobar-me en un país

en què de bon matí, a la font, us trobeu amb una Venus.

Retornat al «Mestral» amb aquella malenconia que produeix la visió d'una cosa absolutament bella, vaig trobar que Baldiri i Saldet discutien. Millor dit: Baldiri perorava, produïa un monòleg desproveït d'amenitat contra el seu cunyat.

—Aquest cafè que has fet —li deia— és aigua de castanyes. És un cafè que no val res. Està bé que facis morir de catarro la teva dona i els teus fills per comprar l'olivar i la vinya. Però amb mi hauràs de tenir una mica de paciència...

Saldet se'l mirava amb aquell somriure d'assentiment equívoc que no se sabia si era assentiment envers el qui parlava o a favor d'ell mateix.

—A més —afegia Baldiri—, el que has cuinat fins ara ha estat infecte. Tens la llossa trista. Tot el que has fet ha resultat agafat o afumat. Ets un afumacassoles. ¿És que em vols fer estalviar l'aigua dels sofregits? Què t'has pensat, animalàs gasiu? Jo vull menjar i beure... Si avui no em fas un arròs que pugui passar et faré anar a peu a casa, et desembarcaré... Sents el que et dic? Et desembarcaré...

De la riba estant sentia la peroració de Baldiri. Tot és inútil: sospitar que hi pugui haver, en el nostre país, dues persones destinades a conviure que puguin entendre's és absolutament impossible. En el cas present, Baldiri tenia raó. Saldet era un cuiner negligent; però, encara que com a cuiner hagués tingut més qualitats, Baldiri hauria trobat altres pretextos per a assenyalar una insolidaritat pastada en la seva mateixa naturalesa. Els esforços que fa la gent del nostre país per no entendre's són impressionants. És la tenacitat més viva del país.

En arribar a bord, Baldiri callà i encengué un cigarret. Malgrat que el dia semblava tenir una tendència a alçar-se i esclarir-se, vaig pensar que em faltava un abrigall. Vaig posar-me un suèter. L'aire era viu, però el mar continuava en calma, i sense núvols el cel. De vegades, a la tardor, es donen tongades així: sense vent i llargues calmes de mar. És l'època de la maduració de les olives.

—Així m'agrada! —digué Baldiri—. Vostè el que ha de fer ara és passejar-se i fer el senyor. Vagi a fer la manilla... Suposo que a Banyuls encara la fan... Si és així, vagi a fer la manilla... ¿Salta en terra? Jo l'acompanyaré un moment...

A la riba hi havia un grup de pescadors que feien cara d'haver esmorzat, que contemplaven el «Mestral» amb un punt d'entendrida badoqueria.

—Aquest és un bon *bateu*, fava, que jo us dic! —feia un home vell—. No en voldria pas un altre per a velejar aquestes golfades! És ample, vegeu! Els nostres són escanyats, massa estrets!

Baldiri m'acompanyà fins a la font, em digué que el cafè li havia resultat tan poca cosa que tenia necessitat d'entrar en una taverna. Les cames no se li aguantaven prou dretes.

—És bo aquest vi de Banyuls? —em preguntà—. M'han dit que és un vi per a dir-hi missa...

—Així ho diuen... Però, si em vols creure a mi, espera a la tarda a tastar-lo. El dia és molt llarg, i ara són dos quarts de nou del matí...

Després d'haver mirat si, a la font, hi tornava a haver la Venus del Pirineu —o, si voleu, la Venus de l'Albera—, vaig donar un tomb pel barri dels pescadors, que és extremament pintoresc i, per tant, no gaire higiènic. Els carrers són costeruts i estrets, empedrats amb els palets de la riera posats en punta, que és l'empedrat d'abans que la gent portés sabates, l'empedrat de l'època de les espardenyes. L'abundància de gàbies amb animals domèstics, la profusió d'arreus de pesca i de caixes de peix i alguna cabra que divaga pels carrers encara els estrenyen més. Davant de moltes cases hi ha una parra, cons en el vell Cadaqués. La humitat que havia caigut aquells dies feia que el carrer fos relliscadís, que hi hagués un cert fanguet.

Malgrat que les parres havien quedat nues de pàmpols, m'hauria agradat de veure sota les tòries la noia dels càntirs. Però la Venus havia desaparegut, i trobar-la hauria estat tan difícil com trobar una agulla en un paller.

Vaig tornar a sortir a la platja i vaig passar per davant dels cafès. Després, abans d'arribar a la riera, vaig enfilar la carretera del Puig del Mas. Aquesta carretera us porta a través d'un seguit de residències amb adorables jardins *potagers* devers la Rectoria, o sia el Banyuls antic. En el moment de la Revolució, el nombre de cases que Banyuls tenia vora mar era irrisori. La concentració es produïa al voltant de la Rectoria —una petita esglesiola romànica (avui tancada) que si és encara dempeus és per un voler de Déu— exactament perquè al costat de l'església hi ha el cementiri. En el sistema ideològic de la França unitària, el romànic i el gòtic no han comptat absolutament per a res, han estat considerats estils bàrbars i grollers, d'un popularisme obscurantista, endarrerit i infecte. La idolatria ha estat Versalles, la vida versallesca, la *cour* i els aigualits jardins geomètrics. La finalitat ha estat aconseguir que els francesos —àdhuc els socialistes i els comunistes— sabessin fer les reverències més grotesques a les marqueses.

M'hauria agradat entrar a l'església daurada pels segles, petita i recollida, però no vaig pas trobar la manera. Un home em digué que potser si aquell matí es produïa algun enterrament l'obririen. La solució, però, em semblà molt incerta.

Vaig seguir carretera amunt i passant per sota el viaducte del ferrocarril vaig arribar a Puig del Mas, un petit poble de pagès posat sobre un pujolet de forma cònica al marge de la riera. Puig del Mas és el típic poble de pagès del nostre país: silenciós, tancat, somnolent, reservat —amb aquella reserva misteriosa que la vida del contraban projecta sobre els pobles de frontera. És com una perplexitat, la sensació de saber-vos vigilat, de sentir-vos vigilat, i no saber des d'on ni qui us vigila.

Ultrapassat Puíg del Mas, el camí segueix vall amunt, fins al coll de Banyuls (o sia fins a la frontera), seguint les mandroses giragonses de la riera. A mesura que hom avança, els flancs de les muntanyes s'eleven, sense perdre la forma de perfil llarg i dolç que tenen; aquests flancs són coberts de vinyes i d'oliveres; és un paisatge de somni, recòndit, lluminós, extàtic, adormit en el brunzinar de les abelles. Una geologia sense formes salvatges ni esgarips petris, d'una voluptuositat de geòrgica directa, sense afectació, però finíssima. Aquest és el camí que féu Maillol, anant i venint entre Banyuls i el seu misèrrim mas de les Abelles, camí que potser el portà, després de tants errors, a la concepció de l'escultura autèntica.

És aquest paisatge el que produeix el millor vi, el millor oli, la millor mel del Rosselló, les tres gràcies que Banyuls ofereix i que es troben en l'origen de la prosperitat de la vila.

De vegades, des del revolt del camí, es veu una masia llunyana, i per mica mica de cosa que sapigueu sobre la importància del coll de Banyuls en la vida secreta i nocturna del contraban en aquest rodal de frontera, la imaginació us porta a rodejar-la de misteri. Sentiu que, diluït en l'aire, hi ha encara el fresseig dels matxos de bast, passant per aquests pedregosos camins. Se us apareix la tenacitat calmosa, el coneixement prodigiós, la resistència freda, dominada, dels vells tipus borrosos solitaris, esquius com les agudes bèsties de la nit. La història humana —secreta, oblidada— d'aquesta terra que trepitjo se'm converteix en una obsessió viva.

A mesura que el sol va pujant, l'aire s'escalfa i la humitat s'esvaeix. L'aire tardoral té una tebior agradabilíssima. La botànica fa una olor intensa. Sota el cel esclarit i la llum del migdia, el daurat de les vinyes arriba a tenir una lluentor enlluernada. En els olivars se sent trepig de gent. Per la carretera silenciosa puja un carro somnolent. El sol plateja l'aigua que baixa entre els palets de la riera i converteix en líquid el verd de les herbes fresques.

De retorn al «Mestral» mengem l'arrosset; un arrosset petit de peix i un pollastret. Saldet està trist; probablement troba que també hauríem passat amb menys. De tant en tant, Baldiri se'l mira amb una indignació mal comprimida.

A la tarda, entro a l'Institut Aragó i passo una estona davant dels magnífics aquàriums que conté. Són importants; potser no tant com els de Mònaco, però valen la pena. Són ben fets, i la imitació de la naturalesa hi té el to fantàstic que l'aquàrium requereix. Però, tot i que la meva experiència és molt curta, sempre m'ha semblat que la vida del peix d'aquàrium és sensiblement distinta de la del peix del mar lliure. A força d'observar que té els aliments assegurats, el peix esdevé un simple element decoratiu, un peix educat, mansoi, d'una total innocuïtat. El peix té un aire d'adormit, de fer una becaina fins quan neda —vull dir de nedar adormit. Això és el que produeix —sospito— el silenci que hi ha en aquestes enormes vitrines, la somnolència una mica estúpida que hi vaga. M'agradaria de menjar un peix d'aquàrium. ¿Quin gust deuen tenir aquests peixos a tota pensió? Sospito que deuen tenir un gust fat i sense estil: el gust que dóna la urbanitat exagerada i agraïda del servei ben alimentat i purament decoratiu.

Després vaig a veure el monument als morts, de Maillol, que és un monument de forma apaïsada, col·locat sobre un roc —sobre un illot— situat a l'extrem de la badia. Al mig del fris de pedra hi ha un atleta moribund i a banda i banda unes escenes greus i tristes. L'escultor ha fet plantar la botànica més humil del país al peu del monument. El defalliment de l'atleta fa un gran efecte, malgrat que tot el que d'hel·lènic té el monument sembla encara vist a través de l'erudició alemanya. Maillol perdé mitja vida per desprendre's del divuit francès, i després s'hagué de desprendre de les revistes alemanyes. Per fortuna, visqué molts anys. Si no hagués estat així, no hauria tingut temps de fer res.

En retornar a la riba, trobo Baldiri parlant amb un home molt alt i gros, jove, ple de vida. De primer antuvi, em semblà haver-lo vist en algun lloc. Baldiri, que porta una carregada de vi de Banyuls més aviat important, me'l presenta amb una certa dificultat en l'expressió.

—És paleta —fa— i li diuen el Capatàs... Un bon amic.

—Em sembla que us conec, però no sé d'on... —que jo li dic.

—Sóc molt amic del vell...

—De quin vell?

—De Maillol.

—Ja ho veig: vós sou el model de l'atleta moribund del monument...

—Justa...

Fa una mica d'angúnia. És com si us trobéssiu davant d'un home que hagués ressuscitat —d'un home que haguessin donat per mort gloriosament i que no hagués fet més que una tifoidea.

—Quan sereu mort, estimat Capatàs, el monument guanyarà.

—I per què?

—Perquè sempre resulta sorprenent que els atletes moribunds se us converteixin en paletes.

—No penso pas morir-me, per ara i tant.

—I jo us desitjo molts anys de vida.

A la nit, l'aire fou de mestral. Un mestraló petit. Del coi on jeia es veia un cel meravellós, d'estrelles rutilants, d'un blau puríssim.

L'endemà havent dinat, amb el vent de garbí, salpàrem cap a Portvendres. Fora de la badia hissàrem la vela, i el «Mestral» navegà admirablement.

De Banyuls a Portvendres el litoral no és pas tan feréstec com el de Portbou a Banyuls, però té molt de volum. El coll de les Portes és important. El cap de Biarra, que forma el morro de l'entrada a garbí de Portvendres, és un morro fort, gros i alterós; a sobre del qual hi ha un foc d'una gran potència. El cap amaga Portvendres de manera que, després d'haver-lo navegat, apareix la població com una sorpresa. Portvendres és bonic arribant-hi per mar. L'accés a la població per terra té un interès relatiu.

En el litoral de la Catalunya històrica només hi ha dos ports naturals autèntics: la badia de Cadaqués i la de Portvendres. En l'època nacional, ni en l'un ni en l'altre, no s'hi féu cap obra apreciable. El port del Rosselló fou Cotlliure. Ara Cadaqués ha quedat, en tant que port, com a l'època prehistòrica, mentre que, a Portvendres, hom hi ha fet un port magnífic.

Abans de fer l'escala de Portvendres m'hauria agradat de passar unes hores a la cala de Palilles, tan plena d'arbres i de solitud; però Baldiri s'hi nega rodonament. A Palilles hi ha una fàbrica de dinamita, que segons tinc entès pertany al grup Nobel —del nom del cèlebre fabricant suec de dinamita que instituí els cèlebres premis. Baldiri digué que aquesta classe de fàbriques li feien molta aprensió, perquè de vegades s'hi produeixen unes explosions que fan tremolar la terra. Així, passàrem simplement per davant de Palilles.

Arribats a Portvendres —població que jo coneixia—, vaig dir al patró que la nostra entrada al safareig rectangular del port potser faria massa pretensiós, però que podríem fondejar-nos a l'angle mateix del dit safareig, a dos passos de la farmàcia de monsieur Forgas, alcalde radical-socialista de la vila i conegut meu. Però Baldiri digué que tenia amics a les petites drassanes del port situades una mica abans del lloc que jo proposava i que aquest era el lloc més adequat per al fondeig. La darrera carregada de vi li havia excitat el gust de la contradicció d'una manera viva.

Al vespre, seguint el moll gairebé fins al fons, vaig anar a sopar a l'Hôtel du Commerce. Llavors es construïa l'hotel de la Companyia del Midi, i el Comerç era l'establiment considerat, en aquest ram, millor de la població. Em feia il·lusió sobretot de menjar-hi una bullabesa que en les meves estades anteriors m'havia semblat excel·lent.

Aquell vespre, però, vaig poder constatar que la il·lusió se n'anava aigua avall ràpidament. Les grans il·lusions són el somni d'una ombra, i per això duren tant. Les petites, en canvi, se us moren una darrera l'altra... Produeix una vaga tristesa constatar que certes coses delicades, que la vostra memòria unia amb el record d'una o diverses estades a determinats indrets, s'han esvaït per sempre. A Portvendres, la memòria de la vila, del seu cel i de les seves aigües anava lligada amb una certa bullabesa clàssica i adorable. Hi veníeu amb l'esperança de menjar-ne un parell de plats. Ara això s'ha acabat. El senyor que la feia s'ha retirat de l'art culinari. Ha arrendat el seu establiment a unes persones que cuinen com uns bàrbars. És elegíac.

¿En què es fonamenta la fascinació que produeix la bullabesa? A mi em sembla que un plat només arriba a la popularitat quan d'una o altra manera serveix l'instint de l'avidesa humana. És trist haver-ho de dir: en tot home, per més normals que siguin les seves aparences, hi ha un gormand d'alguna cosa: d'alguna cosa espiritual o material. Ambiciós o sensual, avariciós o dilapidador, imaginatiu, voluptuós, la naturalesa humana no és mai passiva, sinó àvida. I bé: la bullabesa conté un element que el menjador apreciarà sempre, car es confon amb la mateixa essència d'aquest noble vici: la bullabesa invita a menjar coses sòlides amb cullera, i el vuitanta per cent de l'explicació de la seva apoteosi prové d'aquest fet. No acostumo pas a ésser optimista ni em deixo portar per la melangia del passat, però és probable que la bullabesa que feia aquest senyor que ara s'ha retirat era la millor del món. Els qui l'havien tastada li guardaven tan bones absències, que se la feien enviar als llocs reculats en què vivien. I així hom enviava bullabesa a París i a Londres en bidons i a gran velocitat. Tenia tanta fama, que la gent la portava com aquell qui diu en palmes. I si bé, en arribar, calia rescalfar-la, encara conservava la sabor i el perfum i la llum de la bullabesa de primera mà, que és el que s'assembla més a la llum inoblidable de Provença.

En els baixos de l'hotel del Comerç hi havia el cafè del mateix nom, que era freqüentat per les forces més vives i importants de la població. S'hi solien formar havent dinat i havent sopat —car al Rosselló persisteix el costum de tantes viles de l'altra banda de sortir havent sopat— tres o quatre taules de *piquet* o de *belote*. Monsieur Forgas era l'element principal d'aquella sòlida concentració. Monsieur Forgas és un home vell, minúscul, amb un ulls rogencs, sortits i treballats, que porta un jaqué amb una gran roseta de la Legió d'Honor al trau. És el farmacèutic de la vila, i de temps immemorial que és alcalde. És del partit de monsieur Pams. Una vegada vaig assistir en una reunió pública presidida per Pams i Forgas. El primer digué, en el curs del seu discurs, que Portvendres era monsieur Forgas i que monsieur Forgas era Portvendres, perquè Portvendres no es comprendria sense monsieur Forgas, de la mateixa manera que monsieur Forgas no es comprendria sense Portvendres, la qual cosa feia que abraçant monsieur Forgas hom abracés Portvendres, i abraçant Portvendres hom abraçava monsieur Forgas, car Portvendres no es podia separar de monsieur Forgas, de la mateixa manera que era impossible separar monsieur Forgas de Portvendres, per la senzilla raó que Portvendres era inseparable de monsieur Forgas i monsieur Forgas inseparable de Portvendres... Breu: es formà una bola tan forta, que l'emoció s'apoderà de l'auditori, i monsieur Forgas, entendrit, es penjà literalment com uns escapularis al coll de monsieur Pams i els plors i els sanglots vingueren als ulls i a la boca de tothom i la reunió s'acabà enmig d'una mar de llàgrimes. L'oratòria política té això: de vegades fa un impacte en la glàndula lacrimal.

A les nou de la nit a Portvendres tot està en calma. Una vegada vaig fer-me amic d'un home vell i coix que portava un bastó i arrossegava la cama. Feia de vigilant nocturn, i amb ell solia asseure'm sobre d'un bocoi dues o tres hores o donàvem voltes pel moll solitari. Encara em sembla que sento el soroll que feia, als empedrats, la cama que li arrossegava. A altes hores de la nit de vegades ens arribaven claríssimes les notes del piano elèctric d'una casa de mala fama. El vell s'aturava un moment, em feia l'ullet amb una cara de gos envellit i cansat i continuàvem la caminada.

Una altra cosa de Portvendres que m'entusiasma és el moviment que hi ha de vaixells de l'Àfrica. Dos grans correus setmanals lliguen aquesta vila amb Alger i Orà. Quan a la farola del port hissen la bandera verda és que el vaixell s'acosta. La gent surt a les finestres o baixa al moll a veure l'entrada. El port és magnífic, natural, però tancat i molt ficat en terra. Els vaixells hi entren com els cargols banyuts es fiquen a la closca. La maniobra dels correus de l'Àfrica és llarga i entretinguda. Solen portar, a coberta, a més a més, una gernació de moros, alarbs, negres i altres personatges. Mitja hora després d'haver atracat el vaixell es passegen indefectiblement per la població colles d'homes desmanegats i greixosos. Altres es posen a jugar a cartes asseguts a les cantonades. Entre vapor i vapor sempre queda algun ressagat que es passeja pel poble d'una manera vaga, amb la vista llunyana, la pupil·la blanca.

Llevat dels dies que hi ha correu d'Àfrica, els altres tenen al moll de Portvendres una calma afinada. De vegades arriba un vaporet marsellès o sicilià carregat de garrofa o de sulfat per a les vinyes. En el moment de descarregar, la pols del sulfat fa a l'aire unes taques que fan posar pell de gallina. La garrofa perfuma l'aire, i els carros que transporten la grana passegen l'olor calenta per la vila i per la rodalia pedregosa, per l'aire sec i crepitant de la tramuntana.

Ni a l'època dels comtes d'Empúries i del Rosselló, ni en l'època pròpiament nacional, Portvendres, la seva magnífica, petita badia abrigada, no fou utilitzat. La primera vegada que el nom de la població actual apareix en un document és en temps del rei Jaume: quatre cases de mala mort. Així i tot, aquest reclau és un dels més segurs del Mediterrani occidental. A Portvendres, no hi va a parar cap riera grossa, i així el perill que l'al·luvió cegui el port és mínim. Malgrat oferir infinites millors condicions que Cotlliure, Portvendres, a l'Edat Mitjana, no fou res, i el port del Rosselló fou Cotlliure.

Després del Tractat dels Pirineus, un dels primers i millors governadors del Rosselló, el comte de Mailly, demostrà un gran interès per Portvendres. El cèlebre Vauban se n'enamorà des del punt de vista militar. En el moment d'iniciar-se aquest interès (1734), Portvendres tenia, segons la «Guia Històrica i Pintoresca dels Pirineus Orientals», de Vidal, quaranta-cinc habitants. En el transcurs del regnat de Lluís XIV, la monarquia hi gastà 1.500.000 francs en obres militars. La població havia de prendre fatalment un aspecte francès. Portvendres no causa pas la impressió d'una decoració artificiosa de teatre, conc Cervera, però l'aspecte és distint de moltes viles del Rosselló. És una població de nova planta, una mica freda i tirada a cordill, amb el devessall de coloraines que fa tan bonic en la grisalla del nord de França i que en el ple sol del migdia resulta de vegades una mica empastifat. Venint del nostre país, la primera impressió de cosa francesa es té a Portvendres, si no vaig errat.

Per celebrar la generositat de Lluís XIV, el governador de Mailly féu elevar un obelisc magnífic en la plaça rectangular que expressament fou construïda en l'angle regular que formen els dos ports de la població. És una agulla de marbre gris de l'Estagell, de vint-i-cinc metres d'alçària sobre el sòcol de marbre roig de Vilafranca. Abans que fos degradat el 1793, l'obelisc mantenia un globus terraqüi adornat amb flors de lis. Tenia també, en la base, unes inscripcions pomposes exaltant la memòria del Rei Sol, que avui poden llegir-se en el Museu de Perpinyà.

Al marge d'aquesta plaça, davant del port, hi ha el monument als morts, de Maillol, que figura una senyora amb un pentinat del divuit coberta per un abillament o camisa versallesca que sembla de tul, que aguanta una palma. Atès l'estil de la plaça, l'escultor cregué que l'escultura havia d'adequar-s'hi. El vell feia una mica les seves escultures en funció del lloc on havien d'ésser posades. Potser en aquest cas s'excedí una mica i resultà més papista que el papa. El monument als morts de Portvendres no és pas de les millors coses que Maillol ha fet.

¿Fou realment *Portus Veneris* —Port de Venus— *inter Pyreneei promontoria* (Pomponi Mela) l'indret de l'emplaçament del temple de la Venus pirinenca? Els autors diuen, amb aquella frivolitat geogràfica que sol caracteritzar els autors, que els romans elevaren un temple a Venus a l'entrada dels Pirineus i que el lloc de l'emplaçament fou anomenat *Portus Veneris.* Estrabó sembla relacionar aquest port amb el temple de la Venus pirinenca, i Plini confon el port i la Venus.

On era posat, però, aquest temple? Un segment de la Taula de Peutinger sembla indicar (d'una manera molt vaga i purament interpretativa) que aquest temple es trobava en l'illa avui unida a terra per una escullera de tres-cents metres que tanca a nord la badia de Portvendres. Però en aquesta illa no hi ha rastre d'una qualsevol construcció antiga, així com tampoc no s'ha trobat res sobre el cap de Biarra. Com que jo també tinc dret, com un qualsevol ciutadà, a llançar conjectures, a mi em sembla que el temple de la Venus pirenaica s'ha de trobar a Cap de Creus, perquè aquest nom s'explica com a santificació d'un lloc pagà. Si a Portvendres hi hagués hagut un temple de Venus, avui se'n diria —en podeu estar segurs— Sant Pere Nolasc o la Mare de Déu dels Dolors, per la natural superposició de cultures que el pas dels segles ha format. Sempre que em trobo a Portvendres tracto de trobar algun rastre d'aquest cèlebre temple, i no he arribat mai al mínim resultat. Una vegada que en parlava amb un home que cultivava una vinya dels voltants, em digué, després de mirar-me una llarga estona:

—Això deu ésser cosa de monsieur Forgas. Si ell no ho sap, cal pas que us *embeteu* amb la collonada...

Però a la llarga, essent el nom de la vila tan suggeridor, la impossibilitat de trobar aquest picant vestigi produeix una certa sensació de desencantament. Aquesta vegada l'he sentida com mai, perquè, després de la desaparició (potser per sempre més) del model de la Venus, entrevista un moment a la font de Banyuls; després de la metamorfosi de l'atleta moribund en un paleta de la localitat; després de l'esvaïment de la bullabesa de l'hotel del Comerç, m'hauria convingut alguna cosa positiva, de més substància.

Vaig passar a Portvendres, doncs, un parell de dies d'incerta morositat, durant els quals Baldiri fou molt car de veure, perquè necessitava, sobretot en trobar-se fora de casa, que un o altre l'estimés, encara que gairebé sempre fos pagant. Saldet no desemparà el «Mestral», al·legant que França era un país que no li agradava gaire. L'excessiva generalització del seu judici demostrava que si aquell home hagués tingut estudis i la lectura necessària hauria pogut ésser un filòsof de molta volada.

Una hora abans de marxar comparegué Baldiri amb una gran trompa de gramòfon sota el braç. Digué que l'havia comprada a un moro ressagat i que pensava fer-hi un negociet, perquè a Roses aquestes trompes sempre es paguen, sobretot si són grosses, perquè la trompa grossa, de racó, és molt apreciada. No es pot pas negar que el gramòfon amb trompa s'ha posat molt de moda i tothom que pot tracta de produir un objecte d'aquesta forma estranya.

Embarcàrem la trompa i salpàrem.

De Portvendres a Cotlliure hi ha molt poca distància. S'ha de navegar el cap Gros i la cala Mauresca, i apareix de seguida la meravellosa estampa de la vila catalana. En el curs del trajecte, la costa perd dramatisme, però dibuixa un frontó acarat al golf arrasat per la tramuntana, que ofereix una panoràmica sensacional. En el meu llibre «Cartes de lluny» hi ha una descripció d'aquest panorama vist des de la carretera de Portvendres a Cotlliure, una tarda de maig. Del mar estant, la visió no és pas tan important.

Cotlliure és el rovell de l'ou de la costa catalana francesa. Cervera i Portvendres són construccions modernes i franceses. Banyuls i Cotlliure són dues viles antigues i catalanes. Cotlliure té una sorprenent qualitat, sobretot vista des del mar.

La badia de Cotlliure és oberta a nord i nord-est, però la vila és construïda sobre la banya de la badia resguardada de mestral. Venint del golf, es troba primer el Port d'Amunt cobert per l'illot de

Sant Vicenç, que modernament ha estat unit a la terra ferma per un mur per evitar el rabeig de les aigües, i del qual surt una escullera acabada amb un gran crucifix. A sobre de l'illot hi ha una capella dedicada al sant. Després, al sac de la badia, hi ha el Port d'Avall, amb el platjar corbat. Aquests dos ports estan separats, sobre la terra ferma, per l'enorme edifici anomenat dels Templaris, les altes parets del qual cauen a plom sobre el mar. Al peu de la impressionant baluerna hi ha el grau de la riera, de la Dui, que fa un platjar graciós davant de la part més antiga de la vila. Aquest és el punt més resguardat de la badia i el centre de l'activitat dels sardinals. La vila té una petita flota de sardinalers i seixanta o setanta barcades.

Sobre el poble mateix apareix la fortalesa de forma rara i apaïsada que féu construir Carles V: Sant Elm. Més tard, sobre els pujols a migdia de la vila, es construí el fort del Mirador. Tot aquest país és un entrecreuament de fortificacions, projeccions d'interessos oposats que durant segles martiritzaren les poblacions d'aquests rodals. Avui aquestes pedres són mortes, testimonis indiferents de dolors passats. L'únic perill, avui, és equivocar-se de fortificació i que us prenguin per altri.

El conjunt, sobretot vist des del mar o des de la carretera de Portvendres, és prodigiós. Cotlliure és petit, però el panorama que presenta té grandiositat. El *castrum* dels templaris fa un gran efecte. Els

volums de la urbanització, els colors de les velles pedres, torrades, daurades, el to vell, melangiós, una mica caigut, de tot plegat, té una noblesa impressionant. En tot el litoral del golf de la Selva no es pot trobar una cosa comparable a Cotlliure —si no és Sant Pere de Roda.

Cotlliure és un poble d'arrels profundes. Enlloc d'aquest coster no s'han trobat vestigis antics —monedes ibèriques i emporitanes— com en aquesta població. Fou el port del Rosselló durant l'Edat Mitjana, i el que demostra que fou important és la Llotja de Mar de Perpinyà. En l'època de les petites embarcacions la badia degué bastar. El desplaçament de la navegació a Portvendres es produí quan les embarcacions foren més grosses —i encara aquest desplaçament fou molt tardà. En el curs del segle XV, en tot cas, el seu comerç fou considerable. Això deu explicar-se pel fet d'ésser l'accés al mar més pròxim de la plana rossellonesa i de Perpinyà.

—Això és un bon país! —digué Baldiri llançant un cap en terra després d'haver tirat el ferro en mar, aspirant l'olor intensa d'anxova salada que venia de la platja. Baldiri té això: posat a bord, fa cara de pomes agres, però quan veu cases s'anima amb una gran facilitat, sobtadament.

—No cridis la mala anyada! —digué Saldet, enfosquit—. És en aquests països tan bons on solen demanar els papers.

—I què? Els ensenyarem la trompa del gramòfon... No crec pas que portem res més...

Els vaig dir que el més natural seria que callessin.

El primer que saltà en terra fou Baldiri. Digué que anava a comprar un peix.

—Suposo que ens veurem un dia o altre... —digué Saldet.

Baldiri era un xicot alt, sec, ros, d'ulls blaus, de cabells aspres i esventats, molt àgil de moviments, amb una nou del coll molt sortida. Caminava una mica de cantó, amb el cos de perfil. El veiérem seguir el carrer que flanquejava la riera i entrar en la primera taverna. Saldet li seguí els passos amb la vista, amb una barreja de curiositat i d'indignació.

Per demostrar-me, sens dubte, que eren dos temperaments diferents, Saldet agafà els càntirs i anà a fer aigua a la font de la platja. Degué suposar que jo el mirava, perquè adoptà, durant tota l'operació, un posat de víctima. Aquests contrastos dels dos cunyats eren divertits però una mica inquietants. Les punxades d'agulla que es clavaven permanentment els feien sortir sang. El més delicat encara estava per fer.

La tarda anà declinant, i en aquella hora de l'inici de l'afuament de la llum em vaig encantar davant dels blancs, dels blaus, dels roigs de sang de bou, dels torrats d'or de les pedres de Cotlliure —sobre el fons obscur del paisatge circumdant.

Era un deliri de color posat sobre la barreja inversemblant de cubicacions urbanes, de parets de pedra antiga, de roba posada a assecar, d'arbres de color de sal i pebre. Tot això afegit a l'olor de la mar, al gust de peix salat que l'aire portava, al formigueig de la gent, al dibuixat desordre de les barques, presentava un aspecte d'una impressionant vivacitat. Tot és pueril i saborós, una mica bàrbar, directe, cobert de sal i d'olors de fruits de mar, d'una presència exacerbada, violenta. Cotlliure és un conjunt *fauve* —per dir-ho en francès—, i no és pas estrany que el corrent de la pintura basat en el caràcter se n'hagi enamorat entranyablement.

Tornant de l'aigua, Saldet se m'acostà a l'orella i em digué amb una sigil·lositat desplaçada, perquè ningú no ens sentia:

—Li voldria dir dues paraules...

—Encara, que siguin quatre, amic Saldet... Què em voleu dir?

—Li volia dir que Baldiri és un cas perdut...

—¿El considereu perdut abans d'arribar a l'estany de Salses? Però llavors, ¿què serà quan hi serem?

—S'ho agafa molt a la valenta...

—Com voleu que m'ho agafi?

—Jo volia dir només que li agraden massa les dones i el beure...

—No us agraden, a vós, les dones?

—...i que és un impertinent.

—Sí, és clar, és una mica impertinent; però ¿què hi voleu fer? Les altres coses de què em parlàveu són antigues...

—Diu que són antigues?

—És clar. ¿A qui no agraden les dones i el beure, voleu dir-m'ho? Fa milers i milers d'anys que som en el mateix.

—No sé...

—No ho sabeu? Potser no us feu ben bé càrrec de la situació en què ens trobem. Baldiri és el patró. Tot va a càrrec d'ell. Vós i jo som dos simples paquets. Jo sóc un paquet, diríem, voluntari. Vós sou aquí, suposo, per alguna raó. ¿Què us ha promès?

—Dos-cents duros...

—Per dos-cents duros val la pena, em sembla, de callar una mica. No trobeu? És qüestió de molt pocs dies. Tingueu paciència. Ja veurem...

—Si vostè ho diu... —barbotejà amb una modèstia equívoca.

—No, Saldet. No és pas perquè jo ho digui, que heu de callar. És perquè no hi ha més remei. Som embarcats en aquesta galera, si voleu. Hem d'aguantar fins al final. Hem de callar. És el menys que podem fer...

Saldet em mirà de biaix i mastegà unes paraules. Després callà en sec.

—Fumeu, Saldet... —vaig dir allargant-li un cigarret.

—S'agraeix... —contestà, amb un somriure trist i forçat.

Pocs moments després, vaig saltar en terra.

El vent havia parat. L'aire era humit. El pedrigolet de la platja era llefiscós i negre. L'inici del crepuscle creava un ambient opac i trist. En l'aire flotava una olor de peix salat. Em vingueren ganes de tastar les anxoves de Cotlliure, que tenen tanta fama.

Vaig seguir per la vora del mar. Antigament, l'alterós, aparatós edifici dels Templers separava el Port d'Amunt del d'Avall. El mar rompia en els mateixos fonaments de l'edifici. Ara hi han fet una riba que permet passar d'una banda a l'altra fregant les velles pedres. Hi han posat, tot a vora, un passamà de ferro que ajuda a caminar quan la tramuntana és irruent. Així, vaig arribar a la carretera i a la platja del fons de la badia —carretera que vaig seguir fins al temple evangèlic. Davant d'aquest edifici s'obre un carrer ample que, passant per darrera dels Templers, us porta al Dui i al carrer ombrejat que segueix la riera. Aquest carrer és el centre de Cotlliure. En el seu curs hi ha els cafès i els establiments populars.

Vaig entrar al Restaurant dels Templers i, a la barra, vaig demanar unes anxoves i un aperitiu. Em serví el patró mateix, monsieur René Pous. Més tard Pous ha estat —ell i la seva agradable senyora— un dels millors amics del Rosselló. L'origen d'aquesta amistat foren aquelles anxoves que em serví.

—Aquestes anxoves són bones, però el peix no és del país... —vaig dir-li amb un aire indiferent.

S'agafà l'afirmació a la valenta. Negà el que havia dit. Després, més enraonat, em preguntà si jo era *amateur* d'anxoves.

—Jo visc en un país en què les anxoves, de vegades, són molt bones.

—I a quin país viviu?

—A Cadaqués.

—Ah! També ho he sentit dir. ¿I en què heu conegut que aquest peix no és del país?

—Té un punt d'amarg. Tot el peix del nord d'Àfrica té un punt d'amarg. La llagosta, no en parlem...

Em digué que, a l'anxova de Cotlliure, li passava com al vi de Banyuls: que tenia una tal sortida que hom havia de recórrer a peix d'altres procedències —peix, però, que es preparava segons el costum del país. Si el vi de Banyuls fos només el que es cull en aquell terme, no n'hi hauria ni per a dir la missa primera.

La qualitat de l'anxova depèn, és clar, de la seva preparació, però tan important com la preparació, o més, és el temps indispensable perquè l'anxova es confiti. Una anxova que no ha passat almenys un any en el pot no es pot presentar decentment. És una anxova tendra, crua, aspra, sense la pastositat i la morbidesa del confit. Una vegada treta de l'aigua, l'anxova s'ha de posar en salmorra; s'ha de posar a la sal, millor sense gel, perquè el gel ho fa malbé tot: el gel descuira el peix, separa la pell de la carn del peix. La permanència del peix en la sal no ve d'un dia: no ve d'un ni de tres dies. Després s'ha de descaparrar, extirpar-li el cap i la tripa, però sense obrir-lo en canal i conservant-li el fil vermellenc que va del cap a la tripa. Sembla que aquesta artèria és molt important en el confitament del peix. Després, l'anxova s'ha d'estibar en el pot, a base de pisos successius, separat cada un per capes de sal i de pebre bo. Val més que el pebre bo sigui de la màxima qualitat. Després cal fer un brou d'aigua i sal per cobrir el pot de les anxoves. Es coneix que la densitat del brou està al punt si tirant-hi una trumfa (una patata) el tubercle hi sura. Quan el brou és fet se'n rebleixen els pots i es tanquen hermèticament. Després s'han de deixar un any immòbils —un any o més. Si s'obren abans, hom fa una mala jugada al client. És infinitament preferible aquest temps que posar sobre el vidre del pot les etiquetes que hom hi sol posar, que moltes vegades no serveixen més que per a donar gat per llebre. Aquesta manipulació, seguida del període de maduració a què hem fet referència, permet presentar filets d'anxova tan bons com els filets d'anxova noruecs.

Aquesta explicació em permeté guanyar la simpatia del senyor Pous. Ha estat una simpatia molt agraïda, perquè la cuina de l'establiment és bona i, dintre de la familiaritat, resisteix la presència de becs fins.

Encara divagàrem per Cotlliure unes quantes hores. La població, redossada dins les muralles del *castrum*, està formada per carrers molt estrets, típicament mariners, carrers vells, amb casalots antics, amb la roba posada a assecar, en les finestres dels quals es veu de vegades la cara d'una rossa picant o d'una morera trista, nerviosa i pàl·lida.

Dijous a la nit aparegué Baldiri amb una ampolla d'aiguardent a sota el braç —de *calvados* em sembla. Arribà amb un aire fatigat, però perfectament serè. Digué que tenia son. Abans d'allargar-se sota el corredor, afirmà que salparíem l'endemà divendres, a primera hora del matí.

Vaig romandre una estona a coberta contemplant la claror de la lluna tardoral —lluna vella— sobre les pedres de Cotlliure. La baluerna del castell, tocada d'una lluminositat groga i tèrbola, fantàstica, hauria pogut servir de fons d'un drama prodigiós. Les aigües de la badia eren fosforescents. El cel era baix i tèrbol. Tot era moll i flàccid. La lluna tocava el «Mestral», cobert d'aigualatge, i li donava una lluïssor trista. Temps depriment, que feia somniar l'aixopluc d'un teulat i el redós d'una xemeneia. En el Mediterrani, la humitat i el vent del sud han contribuït molt més a fer sortir l'home de la prehistòria que tots els factors que els manuals enumeren.

A les set del matí de l'endemà, en treure el cap del coi de proa, vaig veure Baldiri que mirava el cel. Saldet feia foc al fogó, un foc que treia un fum acre i baix. Baldiri semblava preocupat; s'havia posat una gruixuda garibaldina de color de vi. El xaloc era fresc, el cel cobert.

Menjàrem una torrada amb oli i beguérem un cafè reforçat amb l'aiguardent. M'ha agradat tant l'*eau de vie* francès —i el *calvados*, tan sec, especialment— com la *grappa* italiana. Mirant el cel i el mar, Baldiri semblava absent. Degué sentir, però, que l'interrogava amb els ulls, perquè tot d'una digué:

—El temps m'agrada poc. Als estanys tindrem pluja. Fa massa dies que el carés és aquest, i fatalment vindrà el que ha de venir...

—I després de la pluja teniu por de nord...

—I com voleu que no en tingui...? No tenim sort. Aquesta entrada de nord, jo l'esperava a Portvendres. L'hauria vista passar des del cafè. Altres vegades, amb la humitat que ha fet, ja ho tindríem tot enllestit; ja hauria plogut i ventejat... Però el temps porta retard, i el que hauria d'haver fet encara està per fer, mentre que nosaltres hem d'ésser a Leucata a una hora fixa. Del contrari, farem el viatge en va...

—El que diu Baldiri està molt bé...! —digué Saldet amb una rialleta d'assentiment.

—Sí, està bé; el que no comprenc, però, és que el nord hagi d'entrar necessàriament a una hora fixa... —vaig dir per evitar la depressió—. També es podria retardar i donar-nos temps...

—La por m'ho fa dir, comprèn?

—Quan hi serem ho veurem. Patir pel que farà demà és de poc seny. Ja n'hi ha prou amb el de cada moment.

Baldiri considerà que portàvem massa drap i ordenà fer el ris del mig. Donà una ullada al «Mestral» i trobà que tot estava en ordre. Potser trobà que els pals que per indicació de l'home de Cala Prona havíem embarcat curtejaven una mica. Però no se n'havien trobat d'altres. Després salpàrem. Eren tres quarts de vuit del matí.

Baldiri agafà l'arjau i, sortits del Port d'Amunt ràpidament, donà aigües al bastiment. Després d'aparèixer per la popa la mola negra del cap de Biarra, es veié al fons del golf de la Selva, cobert de núvols en la part més alta, la muntanya de Sant Pere de Roda, una mica incerta en l'atmosfera boirosa. Del cantó de terra, el coster s'anà abaixant progressivament i, navegada la petita platja del Racó —que per la geografia i per la història és l'últim accident de la Costa Brava catalana—, aparegué el platjar del golf del Lleó amb Argelers al fons, sota l'orografia alterosa de l'Albera coberta del gris verd de les alzines sureres. En l'inici mateix de la gran plana del Rosselló, el contrast entre l'Albera esvelta i l'inacabable sorral horitzontal i somniós ofereix una grandiositat de molta bellesa.

En trobar-nos sobre el platjar, visible el campanar d'Elna sobre la botànica de la plana, el vent requintà. Portàvem poc drap, però amb el vent en popa encara en sobrava. Així Baldiri ordenà d'engegar el car i la pena, cosa que fou feta. Amb l'alliberació, el «Mestral» navegà d'una manera més estable i més fina. El vent era monòton i seguit. Navegàvem al fil del platjar, paral·lels al sorral de color gris, a menys d'una milla de terra. Sobre la grisor estèril de la sorra es veia una pinzellada de verd profunda que moria al peu del Canigó, emboirat, grandiós, sublim. El «Mestral» passava àgilment. A nord, l'horitzó era tapat i s'entreveien a penes, com un dibuix esborrat, les Corberes.

Feia a penes dues hores que havíem deixat Cotlliure que aparegueren a ponent les torres de Castell Rosselló, destacades sobre la botànica de tardor, i, sobre la platja, la urbanització de Canet, llavors tan incipient. Ah, si hagués fet sol, si l'aire hagués estat clar i no hagués difós les llunyanies, quina navegació no hauríem fet més agradable! La costa passava davant de la meva vista ràpidament, però amb la calma justa per a seguir amb els ulls tots els variadíssims accidents de la plana rossellonesa. Entre la daurada verdor de la botànica passava un campanar, una torre, la taca blanca d'una masia, l'apinyament d'unes cases, la fumerola d'un tren... Però el dia era baix i gris i el cel cobert.

Aparegué de seguida la Salanca, amb el Barcarès de Sant Llorenç. Les cases baixes, del mateix color de la sorra, tenien al davant unes parelles de bou tretes en terra. El conjunt feia un croquis desolat, esventat i inhòspit, un paisatge devorat pel sorral immens. El Barcarès em féu pensar en algunes marines provençals de Van Gogh. Tots els sorrals del golf del Lleó, posats en la bàrbara llum de l'estiu, fan pensar en Van Gogh, si no vaig errat.

Deixàrem també la Salanca per la popa i poc després aparegué la barra de l'estany de Salses. Darrera de la cinta de sorra, que em semblà més fangosa i opaca que la de la terra ferma, la boira semblava haver-s'hi adormit més espesseïdament. L'aigua de l'estany tenia una coloració gairebé blanca, una lividesa morta. Mentrestant, l'esterilitat mineral de les Corberes, d'un color violaci, s'anà precisant lentament. Les Corberes tancaven el paisatge a ponent i a nord i tenien una tendència a caure lentament sobre el mar; la seva alçària disminuïa progressivament sobre l'estany i el cobria amb la punta de la seva dalla. A l'últim aparegué el cap de Leucata. La seva blancor es confonia amb l'atmosfera grassa i humida. Vist de lluny, voltat de terres molt baixes, Leucata semblava una illa. És el que fou probablement en altres temps. El paratge fa pensar en un establiment antic.

A mesura que anàrem navegant la barra, l'estany, més estret, s'encongí. Sobre el color pedregós de terra d'escudelles, clapejat de malves, de les Corberes, aparegué la vila de Salses i la fortalesa de la vella frontera. Salses és l'avançada del Rosselló, la frontera de la Catalunya històrica. Leucata és l'avançada de la gavatxeria. Entre aquests dos extrems es veien les quatre cases o Cabanes de Fitó, que escriuen Fitou, o sia la Fita, el límit.

M'hauria agradat de contemplar amb més calma aquell paisatge carregat d'història, d'una geografia tan extraordinària, aspre de terres i d'un aigualiment misteriós; però havia arribat l'hora de rematar el viatge, no teníem prou sentits per a vigilar la barra que fins al cap s'estenia sobre la nostra vista. Baldiri havia aterrat el «Mestral»; sentíem el refrec de l'onatge tocant de gairell el platjar lívid. En un moment determinat Saldet allargà el braç i assenyalà un punt de la barra. Era el grau. El veié a poc menys de mitja milla. L'home de Cala Prona no s'havia pas equivocat de gaire. Arriàrem la vela de pla i engegàrem el motor. No disposàvem pas d'aquell gregal que hauríem hagut de tenir per a passar el grau. Però no es pot pas tenir tot en aquest món. Arribats a les aigües de l'entrada, Baldiri no dubtà ni un moment: féu una maniobra arriscada: digué a Saldet de posar el motor a tota marxa i enfilà l'obertura pel mig. Ens aguantàvem per no ésser projectats com ninots en el cas d'embarrancar en un sec. Però no topàrem en cap obstacle i ens trobàrem en les aigües mortes de l'estany en un instant. Llavors el motor fou alentit fins al màxim possible. Armats dels perpals de Cotlliure, Saldet i jo anàrem sondejant el fons. D'aigua, n'hi havia poca. De vegades era bruta d'herbes i canyissos.

Baldiri es morfonia. Fou un treball d'una paciència aclaparadora. Calgué trobar el pas —un pas que ningú no coneixia, que calgué guanyar metre darrera metre. El «Mestral» embarrancà diverses vegades en els secs de fang i sorra. Calgué fer marxa enrera, calgué tornar a insistir... Arribats a l'estany a la una, a les dues havíem avançat devers Leucata uns tres-cents metres. Encara forçàrem l'entrada una hora i mitja més. Però en un moment determinat l'aigua digué prou. El pal donava poc més d'un metre. Era impossible avançar més. Mentrestant, els canyissos s'havien fet molt espessos, i això potser contribuí que Baldiri decidís no avançar més. Aquelles plantes grogues de plomall sec feien, al bastiment, un amagatall perfecte.

—Fondeja amb els dos ferros per la popa, fent barba de gat... —digué el patró a Saldet—. El nord em fa por, i hem d'assegurar la fugida... Per la proa llença una pedra qualsevol. Abans d'una hora serà calma seca...

Entre la botànica morta de l'estany, a tres metres del paratge que ocupàvem, descobrírem un bot pintat de negre com una caixa de morts, de fons pla, lligat a una estaca. Sospitàrem que era el parany d'un caçador d'ocells de pas. En l'atmosfera porosa, blanca, lívida, que la declinació del dia anava creant, la presència d'aquell bagul funerari feia un estrany efecte. Amb un ganxo l'acostàrem, i Baldiri s'hi embarcà. Com que no tenia rems, prengué els pals de Cotlliure. Després veiérem que s'esquitllava entre les canyes, fins que desaparegué. Mentrestant Saldet encengué foc i es disposà a fer una paellada de peix. Eren les quatre de la tarda, i la llum havia esdevingut molt feble. La blancor de l'atmosfera s'havia tornat grisa.

Quan el peix fou fregit, el menjàrem Saldet i jo en silenci. Deixàrem la porció del patró al costat del foc per a quan arribés. Només quan haguérem despatxat tres o quatre vasos de vi, Saldet digué

—Això és un paratge ben estrany, una trista ratera.

—Si entrés el nord, què aconsellaríeu de fer?

—Fugir. Tornar al grau i fugir...

El vent havia mancat. Hi havia un silenci estrany. Les aigües tenien una immobilitat absoluta. El «Mestral» no feia ni el més lleu moviment. En l'aire hi havia un ensopiment pesat. Semblàvem voltats d'una naturalesa morta. Saldet encengué un fanal i el penjà en un botafió de la pena.

—Així Baldiri, quan torni, ens veurà... —digué.

Fou una bona idea.

Quan el patró tornà eren més de les vuit. Digué que havia arribat fins a terra. Que a tres o quatrecents metres, en el límit de l'estany, hi ha com un portet d'aigües molt somes, amb estaques clavades a terra. Era precisament en aquell paratge on, demà, dissabte, a una hora precisa, s'havia de trobar amb l'individu que li havia de portar la mercaderia. Em semblà que tornava de l'exploració molt satisfet.

—Haver-me fet venir en aquest paratge és realment bèstia —digué—; però, dintre del mal, encara potser ens en sortirem. Aquesta embarcació negra és una joia... Demà, si no és que es presenti el caçador, em farà un gran servei.

Afegí, encara, que havia estat a punt d'arribarse fins al poble de Leucata, però que havia desistit de fer-ho per prudència, perquè no sospitessin del foraster.

Menjà el peix amb avidesa. Begué copiosament. Prengué dos o tres cafès amb l'aiguardent tirat a raig. Parlà jovialment. Tot plegat em donà la idea que la seva nerviositat era intensa. Després ens recollírem cadascú al seu racó. Abans de fer-ho, Baldiri ordenà a Saldet que a primera hora arborés el floc, amb dues escotes fortes, les millors que trobés.

La son em trigà a venir. De sobte, vaig sentir que la pluja tamborinejava sobre les fustes que em feien de sostre. Vaig sortir en coberta. S'havia posat a ploure amb una calma tardoral. L'aire era immòbil i tebi. Saldet somniava en veu alta. Vaig sentir que deia: «L'olivar... la vinya...». Baldiri s'havia allargat, dessota el corredor, de cara al cel, amb les mans al clatell. Era molt fosc, però em semblà que tenia els ulls oberts.

L'endemà al matí, en treure el cap a fora, clarejava i el dia s'alçava penosament. A l'horitzó de llevant, hi havia una pinzellada morada; a sobre, una pinzellada d'un roig fosc que es diluïa en l'esblaimament de la volta grisa, opaca, del cel. Havia plogut gairebé tota la nit, tot era xop, aclaparador i trist. En l'aire hi havia una suspensió, una atonia opressiva.

—Si vols, farem tenda... —vaig sentir que deia Saldet,

—Te'n guardaràs bé... —contestà el patró, sec.

—On esmorzarem, doncs?

—Onsevulla. Aquí mateix.

Saldet transportà el fogó a sota els corredors i féu el cafè en sentina, enmig d'un fum espès.

Jo m'havia fet la il·lusió de poder dedicar aquelles hores balderes a una visita a Salses i al castell. Fou impossible. Pres el cafè, vaig tornar-me'n al coi, on vaig passar el matí en un endormiscament somort, llegint un llibre a la llum d'un fanal d'espelma. De vegades plovia un ruixat; després parava i passava una llarga estona sense que passés res. El patró i Saldet s'havien posat la roba d'aigua, i els sentia anar i venir pel pont, sense dir res.

A mesura que anà avançant el dia, els ruixats s'espaiaren i plogué menys. La força de la llum semblà augmentar dintre de l'opacitat del cel. Esmorzàrem fred: una llesca de pa i un tall de botifarra. Baldiri menjava mecànicament. Estava obsessionat pel temps. Tenia la vista fixa en l'horitzó del nord, en la depressió que es produïa entre els darrers contraforts de les Corberes i el blanc promontori de Leucata, vers el Narbonès i el Llenguadoc. Un moment semblà que, al fons d'aquesta perspectiva, en el punt d'intersecció de la terra i el cel, s'obria una clariana, com l'arc de llum d'un pont, i que per aquest ull clar es filtrava una claror viva, d'una verdor lívida i brillant. Davant d'aquesta aparició, Baldiri torçà la boca i digué:

—En el nostre país, això seria tramuntana...

Feia moltes hores que el patró estava convençut que ens acostàvem a aquest final, però vaig tenir la sorpresa de veure que ara que les conjectures tendien a convertir-se en realitats la depressió que n'esperava esdevenia una reacció d'aguant i de calma.

—Hauríem de fugir d'aquest parany —digué Baldiri amb calma, sospesant les paraules—. És perillós i no té cap defensa. Però jo he donat paraula de trobar-me aquí aquesta tarda a una hora determinada i penso mantenir la paraula. Si aquest home es presenta, veurem de rematar el viatge. Si no es presenta... per la raó que sigui... haurem fet el viatge en va i serem una mica més pobres que en el moment de començar-lo.

Saldet l'escoltava com un oracle. Jo fumava. Havia deixat de ploure. El cel encara era molt gras i baix, però la llum no era tan ensopida. L'aire era més fresc dintre de la seva immobilitat. La mar era blanca de calma. Aquesta suspensió de l'aire semblava difondre una estranya inquietud tot al voltant.

—Així, doncs —féu Baldiri, després d'una pausa, amb la mateixa calma—, penso trobar-me a l'hora i en el lloc que establírem, faci el temps que faci i per més perill que hi hagi. Si la persona que espero compleix la paraula, de seguida serem entesos. Temps de carregar, tornar a bord i fugir d'aquest parany... Si no compareix, penso esperar-lo una hora rellotge en mà. Quan aquesta hora haurà passat, si no ha vingut me'n tornaré, però durant l'hora que us dic penso esperar-lo, encara que perdi el «Mestral»... Direu que tot això que us dic és molt exposat. Ho sé, però en aquests oficis la paraula és una cosa sagrada...

Durant la pausa que seguí, abaixà la vista i reprengué accentuant la calma, adreçant-se a mi:

—La situació és aquesta: com que Saldet n'ha passades de seques i de verdes, suposo que no voldrà pas desembarcar-se. Ara, vostè faci el que li sembli. Si vol, el portaré en terra. Vagi a Portvendres, i jo el vindré a buscar qualsevol dia de la setmana entrant. No el voldria pas fer passar per aquest tràmpol, que no serà pas agradable... Així, doncs...

—Baldiri, tinc molta confiança en vós, però també en tinc molta en el «Mestral»...

—Sí, vaig fer una bona compra, no es pot negar... I, ara que hem posat les coses en clar, no podem pas perdre un moment. Saldet, estibeu les coses de bord. Poseu-ho tot al seu lloc i ben lligat. Poseu els quarters de dalt a baix, tapeu l'embarcació. No ha de caure ni una gota d'aigua a baix. Poseu un tendó sobre el quarter de popa. El motor no s'ha de mullar... Aferreu la vela i lligueu-la de pla. Amb el floc en tindreu prou i massa... Si en el moment d'entrar el nord els ferros guerregen massa, embarranqueu el «Mestral» en el primer sec. Quan jo torni, mirarem de posar-hi, si podem, un pedaç...

Baldiri acostà la llanxa pintada de negre i es dirigí a terra. Devia fer mitja hora que havia marxat quan s'entaulà el mestral amb tota la seva salvatge grandiositat.

La persona que no ha viscut una mestralada al paratge de les Corberes i de l'estany de Salses no pot dir que conegui l'essència d'aquest fenomen impressionant. Les Corberes, quan arriben al mar, són unes muntanyes àrides i baixes. Semblen oferir al vent un simple petit obstacle per incitar-li la tensió furiosa. L'immens llençol lacustre dels estanys és una invitació a passar-hi per sobre amb ímpetu desfermat. El paratge, per altra part, és una mica tètric i misteriós, fins i tot sota els sols estivals, com solen ésser els extrems de les marques, cosa que ajuda a donar un aire sinistre a l'espectacle. Així aquest vent penetrant, que travessa les obertures més ben tancades i al qual només romp l'impuls la resistència d'una massa arbòria important, troba en aquest país el camp més ajustat a manifestar-se amb plena llibertat.

El vent entrà d'una manera sobtada, sense prèvies temptatives peremptòries. Anà precedit, potser, d'una baixa de la temperatura i d'un assecament de l'aire. Quan Saldet se'l sentí a la cara, com una cinglantada, digué: «Ja està!», i corregué a popa, agafant-se a l'orla com un gat, per tal de vigilar les àncores. El «Mestral» s'escorà lleugerament a estribord, però els ferros resistiren, i, redreçat d'esquena al vent, tornà a la posició natural. Constatat aquest primer resultat, vaig ajeure'm a redós de l'orla, perquè, davant d'aquest vent, voler mantenir una verticalitat és una fatiga inútil. L'entrada anà acompanyada d'un bruel greu i profund, com un tro sord i llunyà, i dels rínxols dels xiulets serpentinejant en l'aire. Els canyissos que rodejaven el bastiment es posaren a picar sobre l'obra morta fent un soroll caòtic i desordenat. L'aigua començà a xarbotar en un fresseig frenètic. Mentrestant, des del meu relatiu redós, vaig contemplar la ràpida transmutació del que ens voltava; el successiu esclariment del cel i la formació, sobre la superfície de l'estany, d'un núvol de vapor blanc, molt dens, que al cap de poca estona posà entre les Corberes, la plana i el lloc on ens trobàvem un mur flotant de boira que ens privà de tota visibilitat una mica llunyana.

Mitja hora després de l'entaulament del vent, aquella atmosfera grassa i baixa de la pluja anterior quedà com esberlada. Una part del plafó que cobria la volta quedà reabsorbida en l'espai; començaren a aparèixer clapes d'un blau verdós, de vegades lleugerament rosat o violaci, que l'inici del crepuscle brunyia d'una fredor glacial; una altra part de núvols foren emportats pel vent a una velocitat extraordinària. Mentrestant l'aire s'anà eixarreint, i pel cel net i fred, despresos de la nuvolada que es mantenia testa a l'horitzó del nord, nuvolada a la qual el vent havia donat una forma longitudinal, com un llangardaix monstruós, volaven els nuvolets petits i negres, estripats, esfilagarsats, tan típics del mestral.

A la superfície, l'embat del vent sobre les aigües de l'estany creava una agitació confusa que desprenia un ruixim tèrbol que el vent s'emportava avall i que barrejava amb el remolí de pols de la sorra finíssima, fangosa, de les vores de l'estany i de la barra que el separa del mar. Aquesta bafarada de vapor aquós i de miríades de partícules de sorra cobrí ràpidament d'una capa finíssima el pont del bastiment i els nostres cossos insignificants. Quedàrem coberts d'una sarna mineral humida que projectà en els cabells, en els ulls, en la cara, una desagradable frisança. En realitat quedàrem immersos en una atmosfera de petites, sòlides, molècules flotants que el vent s'enduia fent una cortina de fum no pas gaire alta, però impenetrable a la mirada.

Més enllà de la cinta de sorra de la barra es veia el mar cobert d'escuma blanca, amb les ondulacions queixalejades de les onades llargues.

Així, a mesura que l'atmosfera superficial s'anà fent opaca, la progressió del crepuscle semblà posar en el cel les primeres estrelles incomparablement brillants. El cel llis, esmolat, metàl·lic, donà a les estrelles una fulguració fascinadora, arestes de llum radiant.

Mentrestant el vent passava amb l'encegament de les forces obscures, tens, incomprensible i natural, desprenent el bruel obscur i sord, sobre el qual volaven, intermitentment, els xiulets, com agudes espirals.

Era la prehistòria pura, la naturalesa en cru, l'atzar absolut, la transmutació de la terra i del mar.

No hi havia res a fer ni res a dir: només una ànsia de recordar coses estàtiques i confortables.

Baldiri trigava. Feia més de dues hores que havia marxat. Encara que el seu retorn no sigui gens fàcil —jo pensava—, el retard fa suposar que la cita ha fallat. Aquell home que esperava deu haver considerat que el temps que feia l'alliberava de tota paraula. Es necessita ésser tan pobre, tenir una vitalitat i un esperit d'aventura tan formidable per a entrar en aquestes petites tragèdies —terribles, obscures, desconegudes— de la miserable vida diària!

Devien ésser gairebé les vuit. La simple constatació de l'hora em produïa una depressió fonda... No el sentírem pas arribar. El veiérem trascamar l'orla i sentírem que la goma de les seves botes d'aigua carrisquejava en la sorra que el vent havia projectat sobre el pont. Tenia les faccions fatigades, els ulls vermells; els cabells esventats —era gairebé desconegut—, però vaig veure que es movia amb una absoluta calma. Digué un bona nit absolutament normal. Vaig veure que arribava sense res, amb les mans a les butxaques, encara que, literalment parlant, no hi arribés, és clar.

Obrí el quarter del banc d'arborar i, de palpentes, n'extragué unes robes —la garibaldina vermellosa i un jaquetó (un mig abric mal tallat), que es posà després d'haver-se tret una peça de cuiro que portava. Interrogà Saldet, gairebé cridant, perquè el vent no se li emportés les paraules:

—Tot està ben estibat? Tot està ben aferrat?

Saldet féu unes afirmacions amb el cap.

—Engega el motor. Primer a punt mort... Després, en salpar, li donaràs poca marxa.

El motor fou engegat. Però a penes se sentí, malgrat ésser una carraca automobilística de molta sonoritat. El vent ho dominava tot amb una força total.

—El cap de proa, ja el pots deixar anar en banda. Salva tota la corda que puguis. Després, talla!

Quan Pau, realitzada l'operació, retornà, el patró digué:

—Ara llevarem els ferros. Aquest és el teu! —ordenà assenyalant el d'estribord—. El senyor i jo mirarem d'alçar l'altre.

Ens hi posàrem. Fou una treballada llarga, dificultada per l'emborniament que la sorra i el ruixim salat ens produïen en els ulls. El contacte ens produïa una tal coïssor als ulls que ens paralitzava els braços. Davant de l'esforç inútil, Baldiri ordenà fer marxa enrera amb el motor. Les àncores, finalment, cediren i les embarcàrem. El «Mestral» quedà franc i el vent se l'emportà estany avall. Amb un salt Baldiri agafà l'arjau i Saldet posà el motor marxa avant.

Arribats en aquest punt d'aquesta relació, em seria difícil de seguir-la amb una coherència elemental. No sabria pas presentar les raons objectives en virtut de les quals sortírem de l'estany. ¿Fou l'atzar? Fou la sort? ¿Fou la prodigiosa capacitat d'orientació del patró, que li permeté de recordar el camí que havíem fet el dia abans? ¿Fou la meravellosa claredat del cel nocturn, que ajudà Baldiri a servir-se de les seves facultats? No ho sé. Embarrancàrem en un sec una vegada, però en el moment de sentir l'obstacle en la quilla ordenà que el motor fos posat a tot gas. L'hèlice produí un xarbotament d'aigües fantàstic, però Baldiri estava disposat a acabar d'una vegada, i el «Mestral» passà. Examinant el fet en fred, resulta una absurditat, i, encara que més tard el patró digué que era un especialista dels secs del golf de Roses i que coneixia la seva resistència en el primer contacte amb la roda de proa, no me l'he acabat de creure mai. El «Mestral» s'escorà fort, però l'empenta del motor el féu passar...

¿Com trobà en la foscor de la nit el grau de l'estany? Tampoc no ho podria dir. Només recordo que, posada la proa al grau i, per tant, d'esquena al vent, cridà amb una veu de vigoria animal:

—Llarga el foc, Pau!

El foc fou llargat, el «Mestral» alçà la proa i passàrem l'estret enmig d'un núvol de sorra, però com si un corrent ens transportés a pes de braços. Ja en mar, es deixà portar per l'empopada una llarga estona. Navegàrem mar endins, i de sobte aparegué a sud, una quarta a l'oest, la fiblada de foc al cap de Biarra.

—Ah! —digué Baldiri respirant a ple pulmó, un braç enlaire. I mentre cenyia un punt l'embarcació sobre la terra (vaig suposar que feia proa a Sant Pere de Roda), un paquet d'aigua fenomenal li caigué sobre l'espatlla. Però no és pas un home a qui vingués d'un paquet d'aigua. Quedà impàvid. Sospito que per ell l'important ja havia passat. L'important era sortir de la ratera de l'estany. Quedava una estona de mal camí, però la partida era guanyada.

Ens redossàrem al seu costat. El vent era impetuós, la correntia de la mar fenomenal. El «Mestral» navegava amb totes les seves admirables facultats. Però sovint, en el punt més alt d'una onada, la caiguda successiva se l'emportava avall, com una ploma fràgil. En el descens —i en la guinyada que el bastiment feia— sentíem una buidor a l'estómac i el cor se'ns bolcava. El patró estava atent a les guinyades. Havia lligat una corda a l'arjau per mantenir-lo dret i el governava amb la corda a la mà. Costava un tremp en el braç formidable mantenir l'embarcació dreta quan la correntia la revinclava. Rares vegades deixava d'aconseguir-ho.

En això, demanà cafè i aiguardent. El sopar ens havia passat per alt. Era una pretensió ben estranya, difícil d'aconseguir. Però Saldet no hauria pas pogut deixar de complaure'l.

—Suposo que no et vindrà pas de mitja hora... —li digué Pau.

—Ni d'una hora... Tu fes el cafè com puguis, i que Déu t'ho pagui.

Aviat veiérem sortir un fum espès que el vent arrasava en coberta sobre el quarter d'arborar.

El problema era sempre el mateix: no hi havia res a dir ni res a fer; només l'ànsia de recordar coses agradables. Ens queia la cinglantada d'un escalitxot a la cara; rebíem el patac d'un feix d'aigua; sentíem una mena de fred nocturna i salada al moll dels ossos... i només sentíem l'ànsia de recordar coses agradables. El brandeig del «Mestral» dominat per l'onatge ens incitava encara en el record de les coses agradables.

Les tasses arribaren mig buides, però la buidor fou compensada amb llargues tirades d'aiguardent sec i metàl·lic. Però Baldiri el trobà dolç i fat. «Té gust —digué— de miraguano...» En terra totes les begudes semblen fortes... però mai els homes no inventaran una beguda que correspongui a una mestralada.

El vent i la mar se'ns emportaven avall.

Baldiri tenia la vista fixa a sud-est. Quan es navega a la nit en aquestes circumstàncies, el pensament somnia els focs de la terra, se sent l'ànsia del far que ha de venir —que és el de l'esperança.

—L'heu vist? —digué, exaltat, en un moment determinat.

—A veure...

—És Cap de Creus...! —digué posant el timó a la banda, abandonant el rumb de Sant Pere de Roda i fent proa al foc només entrevist i llunyà.

Al cap de pocs moments, l'esclat fou confirmat.

—Tu, Pau, agafaràs el timó un quart... Ara ja sabem on som. Jo vull fumar... I tu —digué adreçant-se a mi, assenyalant un augment de la familiaritat— no facis més estaries. A sota proa, hi estaràs bé. No tinguis por de cap gotera... El «Mestral» és molt ben calafatat...

Fer compliments hauria estat absurd. No hauria, a més a més, tret cap a res. Estava, per altra part, enormement fatigat. Vaig recollir-me al coi de cada dia —en aquell forat com un embut, tan còmode si se'n coneixen els topants i que em guarda tantes nits de bones i males. En treure'm la roba molla —cosa que vaig aconseguir donant algun cop de cap— vaig sentir una agradable sensació de confort. El moviment de pèndol del «Mestral» contribuí sens dubte que quedés adormit com una rabassa.

L'endemà, en despertar-me, vaig tenir el dubte de si ens trobàvem al matí o a la tarda. En treure el nas a l'aire vaig veure que érem fondejats al Jonquet de la Mar d'Avall de Cadaqués, a redós de vent i de mar. El vent encara bufava; es veia pel color de plata, d'escuma blanca que tenien les oliveres de la badia de Guillola, i per la puresa del cel blau i brillant.

L'aire immediat era deliciosament perfumat. Saldet cuinava un suquet de llobarro amb quatre patates. El llobarro l'havia agafat el patró pescant amb canya. El llobarro de canya és el peix més exquisit de l'aigua. Saldet alternava el maneig de la llossa amb l'acurada frega que donava a la trompa de gramòfon comprada al moro de Portvendres. El patró li havia demanat de passar-hi un drap. Era una magnífica, aparatosa trompa de color verd amb unes ratlletes blanques. Era l'única cosa que portàvem del viatge.

A l'hora de dinar, Baldiri digué:

—Hauríem pogut anar a Portlligat, però era una mica difícil de suposar que amb el temps que ha fet anit passada no es pensessin que veníem de França... Així, hem vingut al Jonquet, que és un lloc solitari. Fora mosques, comprèn? Vostè ho tindrà una mica més lluny i de més mal anar, però què vol...?, no li vindrà pas d'una diada.

Ens acomiadàrem a mitja tarda. Baldiri suposà que podien marxar poc després per arribar a Roses a l'hora de sopar. Jo vaig agafar la meva petita maleta i les flassades i vaig emprendre el camí de Cadaqués. Vaig arribar al poble pel rastell del Poal. No vaig trobar ànima vivent. Ja fosquejava. Vaig abraçar-me al silenci de la vida, amb una avidesa inexplicable.

En arribar a la casa del Pianc i obrir el llum del menjador, vaig veure el rellotge fictici que hi havia sobre la xemeneia. Marcava, com sempre, les 5'25. Curiós! —vaig pensar. Era la mateixa hora en què el «Mestral» havia entrat a l'estany de Salses.

En tot cas, l'embarcació havia estat batejada pensant en la mestralada que havia portat el senyor Víctor de Cadaqués a Civitavecchia. Ara havia rebut la confirmació amb un fenomen semblant que ens havia portat, amb uns certs treballs, de l'estany de Salses a casa.